Deseo®

UNIÓN APASIONADA

Susan Crosby

AF797083

HARLEQUIN®

Editado por HARLEQUIN IBÉRICA, S.A.
Hermosilla, 21
28001 Madrid

UNIÓN APASIONADA, Nº 1356 - 26.1.05
Título original: Hot Contact
Publicada originalmente por Silhouette® Books.

I.S.B.N.: 84-671-2385-0
Depósito legal: B-47553-2004
Editor responsable: Luis Pugni
Composición: M.T. Color & Diseño, S.L.
C/. Colquide, 6 - portal 2-3º H, 28230 Las Rozas (Madrid)
Fotomecánica: PREIMPRESIÓN 2000
c/. Matilde Hernández, 34. 28019 Madrid
Impresión y encuadernación: LITOGRAFÍA ROSÉS, S.A.
c/. Energía, 11. 08850 Gavá (Barcelona)
Fecha impresion para Argentina:21.12.05
Distribuidor exclusivo para España: LOGISTA
Distribuidor para México: CODIPLYRSA
Distribuidores para Argentina: interior, BERTRAN, S.A.C. Vélez Sársfield, 1950. Cap. Fed./ Buenos Aires y Gran Buenos Aires, VACCARO SÁNCHEZ y Cía, S.A.
Distribuidor para Chile: DISTRIBUIDORA ALFA, S.A.

Capítulo Uno

Cuando Joe Vicente entró en su despacho, lo primero que vio fue a un hombre gigantesco tendido en el suelo, con media docena de puñales clavados por todo el cuerpo. Tras estudiar cuidadosamente el cuerpo y el color artificial de la sangre que manaba de las «heridas», Joe hizo lo que cualquier detective de homicidios hubiera hecho en aquel momento: echarse a reír.

–¡Buen disfraz, Reggie! –dijo Joe, andando de espaldas hacia su mesa–. ¿Vas a pedir caramelos de camino a casa?

–Bah. He quedado con mi mujer en el Blue Zoo para la fiesta de Halloween. ¿Quieres venir?

–No, gracias. Si no estoy en casa para dar caramelos a los niños, me lo llenarán todo de huevo.

Reggie se incorporó y se arregló el disfraz.

–Pensaba que los niños ya no hacían esas cosas.

–En mi barrio, sí –dijo Joe, que al volverse se encontró cara a cara con el nuevo Al Capone, vestido con traje de raya diplomática, camisa negra, corbata blanca y sombrero.

Se trataba de Tony Mendes, un detective recién llegado a la División de Robos y Homicidios de la Jefatura de Policía de Los Ángeles; el compañero de Joe.

Joe sonrió. En los siete años que llevaba en aquel departamento, no recordaba haber visto a nadie disfrazado en Halloween, pero hacía poco que el Blue Zoo, el bar más popular entre los policías de la zona, acababa de cambiar de dueño y estaba tratando de atraer a nuevos clientes.

Joe dejó caer el cuaderno que llevaba en las manos sobre la mesa y observó al teniente Morgan, que se dirigía hacia él.

–Sala de interrogatorios dos, Vicente –dijo a Joe–. Ahora.

Por el tono de voz del teniente, Joe supo que no lo estaban invitando a una fiesta.

Al salir tras Morgan, intentó no mirar a los otros detectives a los ojos. Una vez en la sala, se sentó en una mesa frente al teniente y empezó a sentir aquel horrible ardor de estómago. Decidió no sacar del bolsillo uno de los antiácidos que tomaba como si fueran caramelos; no delante del jefe.

Morgan se reclinó sobre la silla, con expresión impasible. Con sus casi dos metros de altura, era tan alto como Joe, aunque diez años más viejo y quince kilos más gordo. Morgan era un buen jefe; era justo.

–Ponme al día sobre el caso Leventhal.

–Callejones sin salida. Uno detrás de otro.

El teniente estaba en silencio, lo que hacía a Joe revolverse en su asiento. Estaba usando una táctica que Joe conocía y usaba: consistía en callarse y hacer que la otra persona hablara primero.

–Quiero que te tomes cuatro semanas de vacaciones –dijo Morgan, sin dejar de mirarlo.

Joe se quedó tan sorprendido que casi le costó mantener el equilibrio. Vacaciones, no, por favor. Había perdido la paciencia en muchas ocasiones recientemente, pero lo último que necesitaba entonces eran vacaciones, verse con tiempo libre. Ni hablar.

–Ya sé que no estás contento con mi trabajo.

Morgan se encogió de hombros.

–Esto no tiene nada que ver con tu trabajo. Eres

un buen policía, pero estás a punto de hacer que te expulsen del cuerpo, a punto.

–No puedo tomarme vacaciones.

–Necesitas marcharte de aquí, ya. Antes de que te hagas daño a ti mismo o a otra persona. Me da igual que lleves mucho tiempo trabajando en el caso Leventhal, ya tenía que estar archivado.

–No consigo hacer que los testigos cooperen, y lo sabes.

–Sí, y estás pagándolo con todos los que te rodean. Te comportas como un insociable y el capitán también lo ha notado. Te guardo el puesto, pero empiezas tus vacaciones mañana.

Él se sintió invadido por la desesperación. Si no tenía trabajo, no podría sobrevivir. El ardor constante de sus entrañas se acrecentaría y no quería ni pensar en las consecuencias sobre su insomnio.

–Dos semanas –ofreció Joe. Tal vez pudiera soportar dos semanas.

–Cuatro. Y si alguien te ve en el escenario del tiroteo Leventhal o se entera de que has intentado contactar con algún testigo, no tendrás escritorio al que volver.

Joe sabía que Morgan tenía razón, que tenía que cambiar algo, pero apartarse del trabajo no sería la solución. Legalmente, tampoco podían obligarlo a tomarse vacaciones.

–Sabes que no puedo salir de la ciudad –dijo Joe, casi suplicando.

–Tal vez sea eso exactamente lo que necesitas –respondió el teniente–. ¿Cuánto tiempo hace que no sales? ¿Que no tienes una cita? Sé que has pasado por un infierno, por eso lo mejor será que te tomes un descanso, que te aclares las ideas y que retomes tu vida.

–¿O que no vuelva?

Morgan se cruzó de brazos.

–Quiero el expediente del caso y las anotaciones sobre mi escritorio antes de que te marches esta noche.

Joe tenía treinta y nueve años y llevaba diecinueve en el departamento de policía de Los Ángeles. Sabía reconocer una amenaza de despido y sabía que lo último que tenía que hacer era discutir con el jefe, especialmente cuando éste pensaba que le estaba haciendo un favor.

–¿Quién se encargará del caso Leventhal?

–Mendes.

–Está aún muy verde –dijo Joe, disimulando una mueca.

–Tan verde como podías estarlo tú hace siete años.

Joe se quedó una hora más ordenando sus notas; sabía que no lo llamarían a casa con preguntas de trabajo, pero aun así, decidió ponérselo fácil. En cualquier caso, Mendes estaba al corriente de casi todo.

Para cuando Joe dejó el montón de papeles sobre la mesa del teniente, todo el mundo se había marchado menos ellos dos.

–Gracias –dijo Morgan–. Te veré después del Día de Acción de Gracias.

Joe asintió con la cabeza y se volvió para marcharse. Apretando los dientes, pensó que por lo menos, Morgan confiaba en que seguía siendo un buen policía aunque no estuviera llevando bien la frustración que le producía aquel caso. Y su vida.

–Llámame de vez en cuando para contarme cómo va todo –dijo Morgan.

–De acuerdo –contestó, reuniendo todas sus fuerzas para marcharse.

Y luego, ¿qué? ¿Ir a casa para enfrentarse con niños disfrazados pidiendo caramelos? Sería más fácil limpiar las manchas de huevo de las paredes de la casa. ¿Ir al Blue Zoo y olvidarse de todo con el alcohol y la charla? No estaba de humor y seguro que acababa en alguna pelea.

Cuando llegó al coche vio en el asiento del acompañante una invitación que había recibido hacía un par de semanas. Se trataba de una fiesta de disfraces en casa de Scott Simons, el oficial que le formó después de salir de la academia de policía. Cuando Scott se retiró, hacía de eso doce años, se hizo abogado y se había ganado una sólida reputación por ganar casos penales difíciles. La fiesta iba a ser en su casa de Santa Mónica, y empezaría en una hora.

Joe tamborileó con los dedos sobre el volante. *Disfraz y antifaz obligatorios*, decía la invitación. A él no le gustaban los disfraces, pero en la fiesta de Scott, entre abogados de prestigio y buenos clientes, podría mantener el anonimato sin estar solo. Era la mejor alternativa, mucho mejor que quedarse en casa y beber hasta perder la consciencia, lo último que su estómago necesitaba.

«Retoma tu vida»; las palabras del teniente seguían resonando en su cabeza.

Arrancó el coche y salió del aparcamiento, asombrándose a sí mismo al plantearse dónde podría alquilar un disfraz decente a las seis de la tarde en Halloween.

Aquello era surrealista, pensó Joe mientras sacudía la cabeza. Se hubiera echado a reír, pero tampoco le parecía gracioso.

La fiesta estaba en su máximo apogeo; la música alta y los invitados, disfrutando. Era el tipo de fiesta que le encantaba a Arianna Alvarado. Mucha gente y mucho ruido, para compensar la tranquilidad de su trabajo diario. Dio un sorbito a su martini y se comió una de las aceitunas verdes que lo acompañaban.

–¿Estás seguro de que no va a venir? –preguntó al hombre que tenía al lado.

–Te dije que era lo más probable –estaban de pie en la entrada de la casa y Scott no paraba de saludar a los invitados recién llegados–. Si no puede llevar vaqueros y botas, seguro que no vendrá.

–Si le añades una camisa vaquera y un sombrero tienes un traje muy típico.

–Pero sigue siendo un disfraz.

Arianna se encogió de hombros.

–Pero no ha dicho que no, ¿verdad?

–Si pensara venir, hubiera llamado.

Arianna se sintió decepcionada.

–¿Por qué no le llamas a la comisaría de policía?

–Eso no me viene bien.

Scott la miró, divertido.

–Así que, no me dijiste toda la verdad cuando me pediste que le invitara. Es algo personal, no profesional.

–Es profesional, desde el punto de vista personal –concedió ella, con una sonrisa. Aquello era sólo asunto suyo.

–Le gustan las mujeres bonitas. Le gustarás mucho, Arianna.

–Adulador –respondió ella. No pretendía que el detective Joe Vicente se enamorara de ella. Cuando se vieron por primera vez, ella se sintió atraída hacia él y pareció ser recíproco, pero ninguno de los dos hizo nada para continuar con aquello. Fue atracción mutua, junto con desinterés mutuo. A ella no le importó, porque hubiera sido difícil rechazarlo. Y lo hubiera rechazado.

–¿Te he dicho lo impresionante que estás con ese traje de flamenca? –dijo Scott mirando la enorme rosa roja que llevaba detrás de la oreja. Le guiñó un ojo–. No me importaría que bailaras para mí en privado.

Ella lo miró con cara de odio, pero, como llevaba antifaz supuso que él no se habría dado cuenta. Arianna sabía que no tenía ningún interés en funciones privadas, puesto que tenía una preciosa mujer a la que adoraba, pero, divertida, levantó un brazo e hizo sonar las castañuelas por encima de su cabeza. La falda de volantes le llegaba a las rodillas por delante y a los tobillos por detrás. Había querido llamar la atención del detective Vicente, pero había sido un esfuerzo en vano. Con una carcajada, le dio un cariñoso tirón a la peluca blanca de rulos de Scott y se alejó en dirección al jardín. Al pasar delante de la barra, le pidió al camarero que le pusiera un palillo más cargado de aceitunas en la copa de martini que le duraría toda la noche, y después se alejó en dirección a la piscina, buscando un sitio tranquilo para pensar sobre lo que haría entonces. ¿Cómo podría conseguir que el detective Vicente la ayudara extraoficialmente?

Ella se encaminó por el sendero que se alejaba de la piscina hacia una zona de vegetación exuberante, siguiendo el sonido del agua hasta la fuente de la que procedía: una cascada de rocas escondida en una zona húmeda y verde.

Entonces se detuvo. Acababa de ver a un hombre vestido de negro al lado de la cascada, perdido en sus pensamientos. Era alto, delgado, con el pelo negro. Llevaba botas altas, pantalones ajustados, una camisa blanca amplia y un sombrero de ala ancha. Un antifaz cubría su cara. Era El Zorro. Tenía la postura perfecta, con un toque de la arrogancia del Zorro y ella se vio esperando que sacara su espada y dibujara una «Z» en el aire en cualquier momento.

Intrigada, Arianna se ajustó el antifaz y dio un paso hacia él. Tal vez haber acudido a la fiesta hubiera servido de algo.

Una fragancia picante asaltó el olfato de Joe, creándole una sensación inmediata de calor por todo el cuerpo. Buscó con la vista la procedencia de tan olorosa flor y entonces vio a una mujer que se acercaba a él, alta, de pelo oscuro recogido en un moño y un cuerpo de ensueño. Su disfraz era exótico: con un escote bajo y tirantes muy finos, increíblemente ajustado a sus curvas y acabado en un montón de volantes que susurraban a cada uno de sus pasos. Piernas largas, tacones altos. Rojo y negro, encaje y satén. Labios rojos y una rosa roja detrás de la oreja, un diminuto lunar junto a la boca. Antifaz negro con el contorno de encaje y unos ojos negros ocultos tras él.

Era como si el sexo hubiera tomado forma humana.

–*Buenas noches* –dijo ella, con perfecto acento español, mostrando sus dientes blancos contra los rojos labios.

–*Buenas noches* –respondió él, intentando adivinar su edad. Unos treinta años. No llevaba anillo.

–¿Puedo acompañarte? –preguntó ella.

Él, en respuesta, alargó una mano para ayudarla a salvar el tramo final de rocas hasta el punto donde estaba él. Sus pechos estaban tan sólo cubiertos por un fino encaje y sus pezones se marcaban contra el fino tejido. Él intentó mirarla a la cara mientras ella le soltaba la mano.

–Gracias –dijo ella, después miró a su alrededor–. Esto es muy bonito, ¿verdad? Espero no interrumpir.

–Pues sí, pero te lo agradezco.

Ella sonrió.

A Joe le resultaba familiar. Su voz, su cuerpo, aquella seguridad en sí misma... debía de ser una actriz, decidió. Tal vez la hubiera visto en alguna película. Si se quitara el antifaz...

–No te has puesto la capa, Zorro –dijo la mujer.

–No era una fiesta de etiqueta.

Su risa sonaba ligera y musical, como si tuviera un poder mágico. El ardor que sentía en el estómago se fue calmando.

–¿Bailas? –preguntó él.

–Claro. Como todo el mundo.

–Quiero decir tal y como estás vestida; flamenco –quería verla moverse, volver a oler su perfume potenciado por el calor de su cuerpo. Hacía tanto que no sentía nada parecido a la lujuria que apenas pudo reconocer sus síntomas: la respiración profunda, el pulso acelerado, el cuerpo tenso, como si estuviese frente a una señal de peligro. Al cuerno con la precaución.

–Sí –dijo ella, con confianza, pero sin ofrecerse a hacerle una demostración. La tensión crecía entre ellos–. ¿Conoces a Scott? –siguió ella.

–Sólo por motivos profesionales –respondió él, volviendo de repente a la vida real–. ¿Y tú?

–Lo mismo.

Volvió a pensar que ella le resultaba familiar. ¿Se habría ocupado Scott de su defensa en algún caso notorio?

Ella hizo un gesto señalando el camino que llevaba a la zona de la piscina.

–Creo que será mejor que me vaya y te deje tranquilo –dijo ella, con expresión de disculpa tras el antifaz.

–No –él la agarró de la mano. No se había dado

cuenta de lo poco que había hablado. Estaba claro que aquello le había hecho sentirse incómoda–. He tenido un día duro –y una semana, un mes, un año–. Pensé que eras un sueño.

–Pues soy de carne y hueso.

–Ya lo veo –no sabía qué más decir. Ella era como un faro en el mar embravecido y él quería ir hacia la luz que emitía para iluminar su existencia. Era puro egoísmo, puesto que no tenía nada que ofrecerle a una mujer. Sus sentimientos estaban muertos, su mente trastornada, probablemente tuviera una úlcera y estaba agotado por un insomnio persistente. Además, la estabilidad de su puesto de trabajo se tambaleaba...

«Retoma tu vida». De nuevo las palabras del teniente lo asaltaron, y entonces decidió que deseaba recuperar su vida, pero no como estaba antes, sino mejor.

La mujer volvió a estudiarlo y él no apartó la mirada de sus ojos. No pudo. Había algo en ella que le pedía que la mirase a los ojos, para que ella pudiese corresponderlo. Por fin, ella dejó su copa de martini a un lado y dio un paso hacia él.

–¿Bailas? –preguntó ella, en voz baja y suave.

Él la tomó entre sus brazos, consciente de la melodía que llegaba desde la casa. El cuerpo de la mujer era ligero y ágil. Él le quitó la flor del pelo y le acarició la mejilla con ella; sus ojos despedían chispas y él, al ver aquello, sintió que todo su cuerpo se endurecía de deseo.

Un tirante de su vestido se deslizó de su hombro y él volvió a colocarlo en su sitio. Ella no protestó ni lo animó a que fuera más allá. Él recorrió el tirante con el dedo hacia abajo hasta que llegó a la tela del escote. Podía sentir su pecho bajo la mano y notó cómo la respiración de ella se detenía, para acercarse después más a él. Sin dejar de mirarla, él inclinó la cabeza buscando su boca y...

–Veo que os habéis encontrado –dijo Scott Simons en mitad de aquel momento mágico.

Joe masculló un juramento.

Capítulo Dos

Arianna se sintió halagada por el enfado de aquel extraño, pero antes de que pudiera preguntarse el motivo, él ya se había retirado hacia atrás. Sintió alivio y decepción al mismo tiempo; ¡se había excitado mucho y sólo llevaba diez minutos con él! Tenía que dar gracias por que Scott hubiera llegado en ese momento, pero...

–Todos se han quitado los antifaces –dijo Scott, sonriendo como si estuviera a la expectativa de algo.

Arianna miró al hombre vestido de El Zorro. Parecía reacio a quitarse el antifaz, aunque tal vez estuviera abstraído por lo que había pasado hacía un instante. Ella había bailado con él porque había reconocido algo en él que ni su antifaz pudo ocultar: una afinidad entre los dos, el hastío de la lucha que ella también sentía. Se habían ahuyentado los pensamientos sombríos el uno al otro.

Arianna se quitó el antifaz y él pareció dejar de respirar en ese momento. Ella pudo ver cómo cerraba los ojos durante un momento, para después quitarse el sombrero y desatarse el antifaz.

–Sí, nos hemos encontrado –dijo él–. Señorita Alvarado, encantado de verla de nuevo.

Arianna hubiera abofeteado a Scott hasta hacer desaparecer aquella estúpida sonrisa.

–Detective –ella recordó que había acudido a la fiesta para encontrarse con él–. ¿Cómo está?

–Os dejo para que habléis «de trabajo» –dijo Scott, antes de alejarse.

–¿Qué se supone que ha querido decir con eso? –preguntó Joe.

–¿Acaso alguien sabe por qué dice Scott lo que dice? –replicó ella, apretando los puños.

Él esbozó una sonrisa.

–Lo de antes ha sido interesante.

–Así que «interesante»... –dijo ella, cruzándose de brazos. Aún tenía que pedirle un favor–. Normalmente no voy tan rápido.

Él levantó las cejas, como si no la creyera. Volvió a colocarle la flor en el pelo y le acarició primero la oreja y después el cuello con las puntas de los dedos, con una expresión seria.

–Gracias por el baile.

Ella tembló y se sintió sorprendida. ¿Qué le ocurría? Aunque sabía muy bien cómo controlar sus reacciones, ni siquiera lo intentó. Sentía la misma atracción que la primera vez que se encontraron el diciembre pasado.

–De nada.

Ella deseaba preguntarle por qué había ido, a pesar de lo que había dicho Scott.

–Me gusta el disfraz que has elegido –dijo ella.

–Estoy deseando quitármelo. ¿Y tú?

Ella decidió ignorar la posible segunda intención de la frase.

–Yo estoy cómoda con el mío –no podía estar con él a solas ni un minuto más. Nunca había sentido tanta atracción por nadie, pero si deseaba su ayuda, tenía que ser profesional y no comportarse como una adolescente de treinta y tres años–. ¿Volvemos a la fiesta?

–De acuerdo –dijo él, casi sorprendido–. Supongo que tu empresa trabaja para Scott.

–Sí –dijo ella–. Trabajamos juntos desde hace varios años –ella era investigadora privada desde hacía siete años y su empresa, ARC Seguridad e Investigaciones, trabajaba para muchos abogados de la zona, especialmente casos importantes.

–Yo le conocí hace dieciocho años –dijo Joe–. Fue el oficial al cargo de mi formación cuando salí de la academia y después hemos seguido en contacto. Ahora llevaba dos años sin verlo, está muy ocupado.

–Yo también lo veo sobre todo en televisión –repuso ella, mirando a los otros invitados. No le hablaría de lo que iba a pedirle aquella noche, pero tampoco quería dejarlo solo por si Scott le decía algo.

Como no podía marcharse hasta que lo hiciera él y tampoco podía alejarse de él, sólo le quedaba hablar.

–¿Conoces a alguno de los invitados? –preguntó ella.

–No. ¿Has venido sola?

«Quería verte».

–Sí.

–Me sorprende –dijo, señalando un par de tumbonas–. Deberíamos ocuparlas mientras podamos. ¿Te traigo algo de beber?

Se había dejado la copa en la cascada.

–Un martini con dos aceitunas.

–Volveré en un segundo.

No había acabado de sentarse cuando vio que Scott se acomodaba a su lado.

–¿Sabías que estaba aquí? –preguntó ella, mirando a Joe mientras él hablaba con el camarero.

Scott la miró por encima de su copa de vino antes de tomar un sorbo.

–Sí.

–¿Así es como te diviertes?

–Arianna, eres una chica fría y comedida. Nunca te había visto tan nerviosa como cuando te enteraste de que conocía a Joe.

–Invitarle a la fiesta fue un simple favor que te pedí.

–O tal vez fuera más importante que un simple favor...

Ella dudó. Joe se estaba acercando.

–No le digas nada.

Scott sonrió a modo de respuesta y le dio unas palmaditas en la rodilla. Después, le dijo al oído:

–Sabes que ya no está prometido, ¿verdad?

Arianna no dijo nada. No sabía que hubiera estado prometido, pero tal vez ésa fuera la razón de su mirada de hastío. ¿Quién de los dos habría roto el compromiso?

Tomó la copa que le ofrecía Joe y le indicó con la mirada a Scott que podía marcharse.

Scott sonrió.

–¿Cómo os conocisteis?

–Fue a raíz del intento de asesinato de Alexis Well el año pasado –dijo Arianna, mientras Joe se sentaba tras ella y estiraba las largas piernas embutidas en las botas de Zorro–. Joe era el detective encargado del caso.

–¿La policía y los investigadores privados trabajando juntos? Extraños compañeros de cama –al encontrarse con la mirada de Arianna, sonrió divertido.

–Compartimos información sin meternos en el terreno del otro. Su compañía no trabaja como el resto.

–Trabajamos mucho –dijo Arianna, irritada. Siempre había tenido una buena relación con Scott y no entendía por qué le estaba poniendo las cosas difíciles.

–Scott –declaró Joe con voz firme–. Me caes muy bien, pero estás poniendo nerviosa a la señorita Alvarado, y si se marcha, no te lo perdonaré.

Tras unos segundos, Scott levantó su copa haciendo un brindis antes de despedirse.

–Gracias –dijo Arianna, viéndole alejarse.

Joe se encogió de hombros.

–A veces no sabe cuándo parar.

–Ya me he dado cuenta –respondió ella, mordiendo una aceituna–. Sabe dónde duele y por eso es tan bueno ante un jurado.

–Pero a veces es un amigo pesado –Joe se inclinó hacia ella–. ¿Quieres que vayamos a otro sitio más tranquilo?

Ella se sentía muy tentada, mucho, pero si aceptaba su invitación no podría cambiar el tono a una conversación profesional cuando lo deseara. Y tampoco quería pedirle favores estando disfrazados y en público. Era un asunto demasiado serio para eso. La fiesta les había servido para romper el hielo.

–Me encantaría dejarlo para más adelante –dijo ella.

Él la estudió un momento.

–Acompáñame a mi coche y te daré mi número de teléfono –dijo él, levantándose–. Puedes llamarme cuando salga el sol.

–De acuerdo –repuso ella sonriendo.

Joe le ofreció la mano para ayudarla a levantarse. Probablemente no debía interesarse por ella, al menos hasta no haber encauzado su vida, pero sentía que ella podía ayudarlo. Tal vez se estuviera dejando llevar.

Con ella delante, se abrieron camino entre los invitados hasta llegar a la puerta. Él, guiándola, le colocó la mano en la parte inferior de la espalda, rozando sus vértebras con las puntas de los dedos. Ella se volvió a mirarlo una vez, haciéndole perderse en sus ojos oscuros de un modo que no le había ocurrido nunca con ninguna otra mujer. Le miró fijamente, sin parpadear, como lo había hecho en la cascada. ¿Por qué lo miraba así?

Cuando llegaron al todoterreno de Joe, él sacó una tarjeta de la guantera, escribió en ella su número de casa y el del móvil y se la pasó.

–¿Qué estás pensando? –le dijo, al ver que ella permanecía en silencio. Cerró los puños para evitar la tentación de tocarla y se preguntó cómo de largo tendría el pelo. Un año antes le llegaba por los hombros.

–Eres distinto del resto de detectives –dijo ella–. Ya lo noté cuando te conocí.

–¿En qué sentido?

–Eres más callado.

–Tal vez esté intimidado.

Ella sonrió.

–¿Acaso te intimido?

–Una persona competente puede resultar intimidante.

Con los brazos cruzados, se apoyó con la cadera y un hombro en la puerta del coche.

–Me lo tomaré como un cumplido.

–Ésa era la intención.

–Tú también me has impresionado.

–Me alegro de oír eso –dijo él, acercándose más a ella, que no se movió, como no lo había hecho cuando le colocó el tirante del vestido en la cascada–. Esto es muy bonito –dijo, mirando el lunar que tenía junto a la boca y se lo besó.

Él notó cómo se abrían sus labios y escuchó el leve sonido que emitió, más de sorpresa que de rendición. Después la besó en la boca, rozándole sólo los labios, haciendo que ella acudiera a él.

Se oyó el claxon de un coche y a unos adolescentes que les lanzaban gritos de ánimo. Lo único que necesitaba Joe para animarse era a Arianna, que cuando vio que él no llegaba más allá, le tomó la cara entre las manos y le dijo:

–Estás haciendo trampas.

–Me estoy asegurando de que tendrás ganas de volver a verme.

–La bienvenida está asegurada –dijo ella, tras dudar sólo dos segundos.

Él deseaba recorrer su cuerpo con las manos, sentir el peso de sus pechos, la curva de sus caderas, la firmeza de su trasero. Volvió a besarla como lo había hecho antes, y ella volvió a querer más. Joe sabía que tenía que dejarla deseosa o no volvería a llamarlo. Tenía que darle en qué pensar. Él también se perdió en sus pensamientos y se planteó cómo sería hacer el amor de nuevo, después de seis meses.

Joe se apartó y ella abrió los ojos. Él la observó: tenía las mejillas sonrosadas, y cuando bajó la mirada, consciente de que ella lo veía, notó que sus pezones estaban duros. Ella arqueó ligeramente la espalda, como invitándolo a que la tocara. Él declinó la invitación, contando con que habría un momento y un lugar mejor para ello.

–*Adiós* –dijo él, en español, obligándose a marcharse de su lado. Después se metió en el coche, y no miró hacia atrás hasta que estuvo demasiado lejos como para que ella pudiera ver su mirada en el espejo retrovisor.

Ella no se había quedado mirándolo, sino que caminaba de nuevo hacia casa de Scott, moviendo las caderas y con la cola del vestido ondulando a su ritmo. Ella no volvió la mirada hacia atrás.

Él sonrió. Había conocido a su oponente perfecto.

Capítulo Tres

Por la mañana, Arianna miraba la tarjeta de Joe. Le había dado su número de casa, ¿por qué esperar?

Pregunta innecesaria: la razón era lo que había pasado la noche anterior, aquel beso casi tan bueno como el sexo. ¿Cómo iba a pedirle que la ayudara después de eso? Pensaría que lo besó por interés, y nada más lejos de la realidad. Se había dejado llevar, algo extraño en ella.

También dudaba porque no se había recuperado aún de la pesadilla de la noche anterior, la misma que se repetía desde hacía semanas. Aquél era el motivo de su interés por hablar con Joe.

Arianna se alejó de la ventana y se sentó al piano que dominaba la sala de su casa. Primero tocó unas teclas al azar, y después empezó una canción compuesta por ella, aún sin acabar.

Cuando llegó a la última nota, colocó las manos sobre los muslos y disfrutó del instante de paz.

Muy bien. Era el momento.

Agarró el móvil y marcó. Él contestó a la tercera llamada.

–Buenos días. Soy Arianna Alvarado –dijo ella, en tono profesional.

–Buenos días –se oyó una risita al otro lado del auricular–. Menos mal que me has dicho el apellido, te hubiera podido confundir con la otra Arianna.

¡Oh! Él se había dado cuenta de lo nerviosa que la ponía.

–Ya sé que aún no ha salido el sol del todo, pero quería invitarte a comer.

–¿No te fías de ti misma para cenar conmigo?

La sensualidad oculta de su voz la impresionó.

–Sí...

–Sí, ¿pero?

–Pero te estaba invitando a comer.

–Lo siento, pero me iba ahora a casa de mis padres; supongo que estaré allí hasta la tarde.

Se le aceleró el corazón. Mucho mejor. Podría conocer a su padre.

–¿Puedo verte allí? –preguntó ella.

Hubo un silencio.

–¿En casa de mis padres?

–Sí

–No suelo llevar allí a ninguna mujer hasta que hemos salido juntos unas diez veces.

«¿Como a tu ex prometida?»

–¿Puedes hacer una excepción?

Silencio de nuevo.

–Claro, ¿por qué no? –le dio la dirección y le indicó cómo llegar.

–Tengo que pasar por otro sitio antes de ir –dijo ella–. ¿Puedo llevar algo para la comida?

–Estaría genial, gracias.

–Te veré dentro de un par de horas entonces.

Nada más colgar, Arianna fue a buscar algo que ponerse para conocer a sus padres. A su padre, cuyo nombre no había conocido hasta hacía un mes, a pesar de haberle odiado durante los últimos veinticinco años.

El coche de Arianna se detuvo a la puerta de una gran mansión de estilo colonial español. Cuando bajó del coche, no se dirigió directamente a la puerta principal, sino al jardín trasero. Allí estaba su madre, dando los últimos retoques a las mesas cubiertas de manteles blancos colocadas alrededor de la piscina. Desde que su madre se casó con Esteban Clemente, productor de cine, cuando Arianna tenía doce años, se dedicaba a organizar actos para causas benéficas.

Esteban había cambiado sus vidas en gran medida, pero desde su llegada, no se había vuelto a hablar de su padre en casa.

–¡Mamá! –llamó.

Paloma Alvarado Clemente nunca se apresuraba, sino que se movía con gracia y dignidad, sin que su perfecto pelo negro con mechones plateados se despeinara nunca. Llevaba ropa de diseño y un collar y brazaletes a juego de su México natal.

Paloma esperó a que Arianna llegara a su lado con una sonrisa serena para abrazarla cariñosamente. Su perfume suscitó un montón de recuerdos en la joven, que permaneció entre sus brazos unos segundos más de lo habitual.

–El jardín está precioso, mamá. ¿Qué pasa hoy?

–Vienen mis amigas del club a comer.

–¿Te has apuntado a un club?

–Sí, pero es sólo una excusa para hablar y comer. Nos turnamos para organizar las comidas y tenemos que decorarlo todo nosotras mismas.

–Vaya, me tienes impresionada.

–Sí, pero confieso que los manteles no los he planchado yo –Arianna sonrió mientras su madre colocaba las sombrillas al lado de las mesas–. ¿Dónde vas? Estás muy... discreta con esa blusa blanca y los vaqueros.

–Ésa era mi intención. Voy a comer con Mike Vicente –dijo, cada vez más nerviosa.

–No –Paloma se puso pálida–. No puedes hacer eso, hija. Te lo prohíbo –dijo, agarrándole las manos.

–Tengo que saberlo, mamá.

–¿Por qué? Después de tantos años...

–Mamá, esto es muy importante para mí. Tengo que saber qué le ocurrió a mi padre.

–Si no lo pudieron resolver entonces, tampoco podrán ahora.

–Ahora hay técnicas nuevas, pruebas de ADN –su madre sacudía la cabeza–. Tengo pesadillas por las noches; en ellas, papá intenta decirme algo. Quiere que yo averigüe la verdad.

–Hija, te pido que no sigas adelante.

–Mamá, no puedo dejarlo –apenas podía hablar–. No podré descansar hasta que lo sepa. Esperaba que me apoyaras, pero seguiré adelante sin tu apoyo, si hace falta.

–No puedo, no puedo ayudarte en esto.

Arianna abrazó a su madre.

–Te quiero, mamá. Te llamaré.

Paloma abrazó a su hija con fuerza, como si quisiera impedir que se fuera.

–*Ve con Dios, hija mía...* –dijo en su idioma natal.

–Tú también, mamá –Arianna corrió hasta su coche intentando olvidar el nudo que tenía en la garganta. Sabía que la próxima conversación que tuviera, tampoco sería fácil.

Joe, mirando por la ventana, esperaba a Arianna. No sabía qué coche conducía, pero se imaginaba que sería de color oscuro y estilizado, como ella. Aunque tal vez le sorprendiera de nuevo.

Cuando le preguntó si podía ir a conocer a sus padres, se quedó casi sin habla. A pesar de que como detective estaba acostumbrado a un trabajo impredecible, sus relaciones personales no habían sido así, excepto cuando Jane le devolvió el anillo de compromiso.

Un BMW azul oscuro aparcó frente a la puerta. No había habido sorpresas en cuanto al coche. Ella salió del coche, vestía de manera informal, con vaqueros y blusa blanca. Llevaba el pelo suelto y le llegaba por debajo de los hombros; eso respondía a su pregunta. Casi echó de menos el traje de flamenca.

Joe vio que ella observaba la casa, así que fue a su encuentro. Cuando llegó a su lado estaba sacando una nevera portátil del maletero.

–Espero que tengas hambre –dijo ella, pasándole la nevera.

–Como siempre –Joe notó que no lo miraba a los ojos, contra su costumbre.

Ella empezó a caminar hacia él con una bolsa en la mano.

–¿Arianna?

–¿Sí?

Ella parecía nerviosa o ansiosa, tal vez.

–Hola, ¿qué tal estás?

–Bien, gracias. ¿Y tú? –ella siguió andando hacia la casa que los padres de Joe poseían desde antes de su nacimiento–. Qué casa tan bonita.

Joe intentó verla reflejada en sus ojos: recién pintada, con el césped cortado, las flores a punto de florecer... Le había costado trabajo que tuviera ese aspecto después de muchos años de descuido.

Siguió a Arianna al interior de la casa.

–¿Dónde están tus padres? –preguntó ella mirando a su alrededor.

Él dejó la nevera portátil en el suelo, junto a la bolsa.

–Mi madre murió hace cinco meses y mi padre se acaba de mudar a una casa más pequeña.

Ella lo miró sin decir nada durante unos segundos, después se cruzó de brazos y miró al suelo.

–Siento lo de tu madre.

–Gracias. Luchó durante mucho tiempo contra

un cáncer de pulmón –dijo él–. Acabamos de vender la casa y estoy haciendo un inventario de todo lo que contiene, para decidir qué vamos a hacer con ello.

Ella estaba tan afectada que él no sabía qué decirle. Había pensado que le regañaría por haberla hecho creer que serían cuatro para comer.

–¿Quieres que comamos ya?

Ella consiguió recuperarse lo suficiente como para sonreír.

–Claro. ¿Quieres invitar a algún vecino? He traído comida suficiente para diez personas. Pan, marisco marinado, pollo con salsa barbacoa, varias ensaladas distintas...

El estómago empezó a arderle sólo con pensarlo. Incluso con una dieta blanda tenía problemas.

–No te preocupes, guardaremos las sobras –dijo, sacando unos platos de un armario y cubiertos.

Arianna fue hacia la cocina para calentar la comida y Joe se tranquilizó. Tal vez estaba interpretándola mal, aunque no la veía confiada y directa, como era normalmente. ¿Estaría nerviosa por estar a solas con él? ¿Había sido por eso por lo que había querido verle en compañía de sus padres?

–Tenía que haberte dicho que mis padres no estarían aquí –dijo él.

–Eso hubiera estado bien –repuso ella, con una sonrisa que contradecía el tono cortante.

Era eso; estaba enfadada, pero podría arreglarlo.

–Tenía curiosidad por saber por qué querías conocer a mis padres, por eso no te lo aclaré.

Unos segundos después, ella se puso frente a él.

–Mi padre fue asesinado hace veinticinco años –el dolor se reflejaba en sus ojos como si hubiera ocurrido el día anterior.

–Lo siento, debías de ser muy pequeña.

–Tenía ocho años. Tu padre era el detective encargado del caso.

De repente se dio cuenta de todo: ella debía de saber aquello antes de la fiesta del día anterior. Le había tendido una trampa.

–¿Por eso querías conocerlo?

–Quiero saber por qué no encontró al asesino de mi padre.

Capítulo Cuatro

Arianna vio cómo él retrocedía, no sólo físicamente, dando un paso atrás, sino también en la repentina frialdad de su expresión.

–Algunos casos no se resuelven nunca. Es una triste realidad –dijo él, cruzando los brazos–. ¿Es ése el motivo de que recibiera la invitación para la fiesta de anoche?

Tenía que decirle la verdad.

–El mes pasado, en una cena en casa de Scott, vi una foto en la que estabais los dos. Le pregunté de qué os conocíais y después de eso empecé a tener pesadillas con mi padre –dijo, limpiando unas migas de la encimera con la mano, esperando que él no se diera cuenta de lo mucho que le afectaban aquellas pesadillas–. Entonces volví a sacar el libro de recortes sobre él que empecé después de su muerte y vi el nombre del detective que se encargó del caso: Mike Vicente. Investigué un poco y me enteré de que era tu padre.

–Después le pediste a Scott que me invitara a la fiesta para poder abordarme allí.

–Quería hablar contigo fuera de la oficina –dijo ella, sacudiendo la cabeza.

–¿Y qué te hacía pensar que quedaría contigo fuera de la oficina? Pensaste que podías atraer mi atención provocándome sexualmente, pero te aseguro que no soy de esos.

–La atracción fue real, no estaba planeada –admitió ella–, por desgracia.

–¿Por desgracia?
–Sí. Eso lo complica todo.
–¿De verdad? A mí me parece que te desenvuelves muy bien en las situaciones complicadas. Fue un bonito baile y un beso genial.
Su ira estaba plenamente justificada, pero aun así resultaba dolorosa.
–Al principio, cuando estabas junto a la cascada, no sabía que eras tú. No te reconocí –su expresión no cambió y ella no pudo saber si la creía–. Y el beso... me dejé llevar, igual que tú. Lo último que necesitaba en ese momento era...
–¿Química?
–Sí. No sé si lo sabrás, pero he estado muy resentida con la policía de Los Ángeles desde siempre.
–Algo he oído, y ahora sé por qué.
Ella se había preguntado si tal vez fuera por eso por lo que no la llamó cuando se conocieron el año anterior, pero entonces no sabía que él estaba prometido.
–Puede ser que lo notaras, pero creo que es imposible negar que conectamos muy bien cuando nos conocimos. También pensé que si te gustaba y me empezabas a conocer, tal vez no te importara hacerme un favor.
Él hundió las manos en los bolsillos.
–¿Qué clase de favor?
–Quiero ver el expediente del caso de mi padre.
–Sólo tienes que solicitarlo.
–No, porque como el caso no se resolvió, el acceso está denegado.
–Eso no tiene sentido. Ese caso es de hace veinticinco años, ¿qué importancia puede tener ahora? Desde luego, la ley te ampara.
–Mi relación con la policía de Los Ángeles ya es bastante mala como para presionarles por el lado legal, y eso podría perjudicarme en un futuro

cuando requiera información para un caso. Todo lo que necesito es el expediente. Y al asesino –añadió.

–¿Por qué crees que puedes encontrarlo?

–Es una corazonada. Además, soy una buena investigadora y no estoy atada por reglamentos como los policías.

–¿Cómo ocurrió? –preguntó él.

–Era policía. Llevaba trece años en la policía de Los Ángeles y fue asesinado mientras realizaba su trabajo –aquello hacía que se sintiera orgullosa y enfadada a la vez.

–Entonces sabrás que mi padre y sus compañeros debieron de trabajar al máximo para resolver el caso si se trataba de otro policía –dijo Joe, mirándola a los ojos.

–Pero no encontraron al asesino. Dime, Joe, ¿no harías tú lo mismo si estuvieras en mi lugar?

Él se quedó callado tanto rato que ella empezó a albergar alguna esperanza.

–Lo siento, pero no puedo ayudarte.

–¿Por qué no? –preguntó ella, desilusionada.

–Un caso tan importante como ése, el asesinato de un policía de servicio que nunca se resolvió... Para mirar los informes tendré que pedir permiso a los mandos y ,además, se supone que estoy de vacaciones hasta dentro de cuatro semanas. Si puedes esperar hasta entonces, lo intentaré.

Ella decidió volver a presionarlo.

–¿Me dejarías hablar con tu padre?

–Eso no es posible –repuso él, recogiendo dos recipientes de comida para llevarlos a la mesa de la cocina.

–¿Por qué no?

–Ya te he respondido, Arianna. Si las cosas fueran de otra manera, me gustaría ayudarte.

Sentía que se ahogaba. Aquélla era la única

oportunidad de ver el expediente sin tener que contratar a un abogado y dejar que todo saliera a la luz, lo que acabaría con la poca credibilidad que pudiera tener en la policía. Se quedó mirando fijamente la comida... no podía seguir allí.

–Siento haberte molestado –dijo, extendiendo la mano.

Él la tomó entre las suyas y no la soltó hasta que ella lo miró. En sus ojos verdes pudo ver comprensión, pero no intentó detenerla y Arianna se lo agradeció profundamente.

Mientras se alejaba en su coche de la casa, controlando a duras penas sus emociones, pensó en qué hacer; no podía volver a su casa, ni a casa de su madre. Iría a la oficina, donde pasaba la mayor parte de su tiempo, a pensar en un plan B.

Una hora más tarde, Joe dejó el cuaderno en el que llevaba el inventario sobre la mesa y salió al jardín trasero. Necesitaba aire fresco y se sentó bajo un naranjo, con la espalda apoyada en el tronco.

Estaba claro que Arianna no estaba interesada en él. No tenía por qué haber sido de otro modo. Era una poli, como lo había sido su padre, y el suyo, el de Joe, no había podido encontrar a su asesino.

Y aquello era sólo el principio, porque seguro que ella ganaba tres veces más que él y era sofisticada, por eso estaba como pez en el agua en la fiesta de Scott, al contrario que él.

Arianna había aparecido llena de misterio y sensualidad, haciendo despertar su cuerpo tras un largo sueño y enviándole mensajes de confianza y esperanza con la mirada. ¿Había sido un juego? Ella dijo que no, que la atracción fue real y no planificada, y él la hubiera creído si no le hubiera hecho creer lo que no era la noche anterior.

Ya le habían mentido antes, la última había sido su prometida, pero aún no sabía identificar las mentiras ni a los mentirosos. Arianna, por su parte, había demostrado no ser diferente de los demás y se había marchado en cuanto supo que no podría obtener de él lo que estaba buscando.

Lamentaba haberse dejado llevar por sus emociones como lo había hecho.

–¿Joe? –al girarse vio a Arianna entrar por la verja del jardín–. No pretendía molestar; he llamado a la puerta, pero al ver que tu coche seguía en la puerta, decidí buscarte aquí.

Qué mujer tan sexy... con curvas, grácil y... competente.

–No pasa nada –dijo él, levantándose. «Quédate».

–Lamento haberme marchado así –declaró ella.

Le gustó su sencillez y que le mirara a los ojos. Incluso le gustó que no pusiera excusas. Buscaba respuestas y no podía tenerle en cuenta que usara todos los medios posibles.

–Olvídalo –dijo–. ¿Tienes hambre? Creo que me sobra algo de comida.

–Me muero de hambre –repuso ella, sonriendo por fin.

«Ve con cuidado», se dijo a sí mismo.

–Seguro que ésa es la verdadera razón por la que has vuelto.

–Desde luego. La única razón.

Mientras caminaban hacia la casa, él la guió colocándole la mano en la espalda, como había hecho la noche anterior, pero su perfume le llamaba para que se acercara más y más. Ya había bailado con ella, la había besado y la había abrazado. Lo que quería era tomarla entre sus brazos, pero sabía que no era una mujer a la que se pudiera apresurar.

También sabía que si jugaba bien sus cartas, se quedaría a cenar.

A Arianna le gustaban los hombres atractivos como a todas las mujeres, pero no confiaba en ellos. Sólo había dos excepciones: Nate Caldwell y Sam Remington, sus socios en la empresa, que eran ambos atractivos y leales. Empezaba a sentir que Joe Vicente era otro de esos hombres en los que se podía confiar.

Arianna se permitió observarlo mientras guardaba las sobras en la nevera; era delgado y esbelto, se movía despacio y hablaba consciente de lo que decía. Era un hombre que no cometía errores a menudo, con sus acciones o con sus palabras, cualidad importante en un detective. Se preguntó si su padre habría sido así.

Arianna no se había dado cuenta de que su mirada se había quedado fija en el trasero de Joe hasta que él se volvió y la pilló mirándolo. La verdad era que, aunque la perspectiva era agradable, ella se había perdido en sus pensamientos, pero eso él no podía saberlo. Lo último que quería Arianna era tener una relación física con un hombre tan herido como parecía estar él.

Joe, sin tomarle el pelo, se sentó frente a ella en la mesa, como dejándola decidir lo que pasaría después.

Probablemente debiera marcharse... él tendría cosas que hacer.

–¿Esto te resulta duro? –preguntó ella–. Quiero decir, vaciar la casa de tus padres...

–Crecí aquí, es mi hogar.

–¿Tienes que venderla?

–Sí. ¿Por qué has vuelto, Arianna?

Ella estaba esperando la pregunta; él era detective y quería respuestas.

–No lo sé –dijo sinceramente–. Me dirigía a la oficina, pero me di cuenta de que no quería ir allí. Pensé en lo maleducada que había sido al marcharme como lo hice...

–Estabas decepcionada.

–Mucho, pero ése no es tu problema. Mi madre no quiere que haga esto, y tal vez no deba –al mirarlo a los ojos lo vio cansado y sintió surgir su instinto protector–. ¿Quieres que te ayude?

–¿Ayudarme? –preguntó él sorprendido? –¿Con qué?

–Con el inventario. ¿Vas a organizar un rastrillo?

–Voy a decidir lo que quiero quedarme, lo que voy a donar y lo que voy a tirar.

Ella no lo entendía. La noche anterior, él había llevado las riendas en el beso de buenas noches más maravilloso de su vida, pero en ese momento parecía esperar a que ella diera el primer paso. En cualquier caso, ella no quería que la persiguiera, ¿verdad? No necesitaba más complicaciones y siempre había tenido cuidado de no mezclarse con policías.

–¿Estás ofreciéndote para ayudarme? –preguntó Joe.

–Sí, me encantaría –dijo levantándose y mirando la hora–. Tengo que estar en casa a las seis.

–Cuatro horas son tiempo suficiente –repuso él, levantándose también.

–Tengo una cita –comentó ella, haciendo una mueca ante el tono defensivo de su voz.

–Entiendo.

Ella notó la sonrisa en su voz. Nunca se había sentido así de agitada, no podía permitírselo por su profesión, pero aquello no era trabajo.

En el desván, Joe observaba a Arianna mientras envolvía una fotografía enmarcada en un papel de periódico como si fuera un tesoro. Los rumores que corrían en el departamento sobre ella el año anterior eran que era dura, inteligente y fría, y él había tenido la oportunidad de comprobar todo aquello mientras compartieron información sobre el caso Wells. Su relación había sido profesional y breve, con un toque de atracción personal que había hecho que las reuniones fueran más agradables. Pero entonces él estaba prometido con Jane y después, con todas las complicaciones de su vida, se había olvidado de Arianna.

En aquel momento se preguntaba cómo había podido olvidarla. Los que decían que era fría no habían estado presentes cuando ella le mandó irse a otro lado mientras guardaba la ropa de su madre, cerrando el armario al acabar para que él no viera el espacio vacío. Siempre recordaría su ternura.

Joe echó una mirada a su reloj. Ella se marcharía pronto a su cita. Se había imaginado que ella estaba sola, tal vez por acudir sin pareja a la fiesta y porque había bailado con él y lo había besado. Pero había ido a la fiesta con un objetivo concreto: encontrarse con él, y no hubiera llevado a su novio a un asunto de trabajo.

–¿Qué hay en esas cajas? –preguntó ella, señalando las últimas que les quedaban por abrir.

Él cerró la tapa del baúl que había estado examinando; había decidido que no se desharía de su contenido, en su mayoría reliquias del pasado.

Joe arrastró las cuatro cajas sin marcar hasta el centro del desván y abrió una. Su corazón empezó a latir con fuerza. Abrió la segunda caja y después miró a Arianna.

–Son expedientes –dijo él–. Los expedientes de los casos de mi padre.

Arianna abrió los ojos como platos. Se sentó recta sin decir nada. Estaba esperando a que él le ofreciera los expedientes.

–Puedes quedarte y echarlos un vistazo –dijo él.

–¿No necesitas pedirle permiso a tu padre?

Él dudó un instante y después sacudió la cabeza.

Ella sacó el móvil del bolsillo trasero de sus vaqueros y marcó un número.

–Jordan, hola, soy yo. Te llamo porque, lo siento mucho, pero tengo que cancelar nuestro plan de esta noche... No, no es trabajo, pero es algo muy importante. ¿Te llamo mañana?... Genial. Gracias. Adiós.

Joe no apreció su estado de excitación en su expresión, pero sí en la forma de gesticular con las manos. Empujó una caja hasta ella.

Ella no dijo nada. Él pensó que tal vez estarían abriendo una caja de Pandora.

El sonido de pasar las hojas sustituyó a la conversación y el ambiente se llenó de tensión. Joe tuvo que admitir ante sí mismo que estaba tan ansioso como Arianna por encontrar el expediente, por saber qué había pasado. No quiso pararse a pensar cómo podía ella haberse convertido en alguien tan importante para él en tan poco tiempo.

–No están ordenados –dijo ella revisando las primeras carpetas–, ni por orden alfabético ni por fechas.

–Sí –repuso él, mirando las etiquetas mecanografiadas.

Estaban amontonados como si no hubiese jerarquías o cronologías entre ellos... o como si alguien los hubiera estado mirando y los hubiese guardado rápidamente después.

–Lo he encontrado –dijo Arianna, sin urgencia ni nerviosismo en la voz. El silencio llenó el diminuto desván hasta que ella abrió la carpeta–. Está vacío.

Capítulo Cinco

Arianna consiguió controlar los deseos de gritar gracias a sus conocimientos de yoga y artes marciales.

–Los expedientes están mezclados –dijo Joe–. Tal vez los papeles estén en otra carpeta.

–Tal vez.

–Vamos a llevar las cajas al salón –dijo, agarrando una de ellas y bajando por las escaleras del desván –. Pásame las otras.

Eso hizo que Arianna se pusiera en movimiento, y quince minutos después estaban sentados alrededor de la vieja mesa de arce cubierta de papeles y carpetas.

Ella examinó la carpeta que supuestamente contenía el expediente de su padre: sobre ella estaba su nombre, Mateo Alvarado, la fecha del asesinato y unos números de serie.

–Mira esto –dijo ella–. La carpeta de mi padre tiene unos números de serie que no aparecen sobre las otras.

Joe revisó el montón de carpetas que tenía a su lado.

–Es verdad. En ninguna de éstas aparece más que el nombre y la fecha.

Arianna miró un instante la carpeta vacía.

–Una investigación policial tiene que dar como resultado un montón de documentación.

–Claro: exámenes de la escena del crimen, informes de los testigos, del forense...

–Fíjate en la carpeta. No está deformada... es como si nunca hubieran puesto ningún papel aquí dentro.

–No sé qué quieres decir –dijo él, mirándola.

–Es extraño, ¿no te parece?

–Pues sí. Incluso en un caso que se abre y se cierra rápidamente –volvió a mirar los expedientes que tenía delante–. ¿Revisamos estas carpetas? Si la documentación está aquí, la encontraremos.

–¿Por qué no iba a estar aquí?

–No sé... tal vez mi padre le pasó el caso a otra persona.

–¿Puedes llamarle y preguntárselo?

–No.

Su tono, como si no tuviera importancia, la irritó, pero sabía que no podía obligarlo. Se preguntó si habría algo que ella desconocía.

–Me dijeron que estuviste en el ejército.

Arianna dejó que cambiara de tema.

–Sí. Ocho años. Me alisté después de acabar el instituto.

–¿Por qué?

Arianna tomó aliento. No sabía cómo explicárselo para que lo entendiera.

–¿Sabes quién es mi padrastro?

–Ni idea.

–Esteban Clemente.

–¿El de las películas? –aquello sí le había llamado la atención. Después frunció el ceño–. No te escaparías, ¿verdad?

–No, no del modo que crees –su reacción la había pillado por sorpresa–. Es un hombre cariñoso, aunque demasiado estricto...

–¿Cómo lo conoció tu madre? –dijo, relajándose un poco.

–Tras la muerte de mi padre, empezó a llevarme a castings y audiciones para anuncios. Yo siempre había querido hacerlo, pero mi padre no me dejaba. Conseguí algunos contratos y...

–¿No tenías sólo ocho años?

–Sí, pero tenía muchas ganas de hacerlo. Cuando tenía doce años hice un casting para un pequeño papel en una película que producía Esteban. Un día vino al plató, vio a mi madre y fue un flechazo. Dos meses después se casaron y a partir de entonces impuso su ley: nada de castings. Dijo que aquello no era muy apropiado para los niños y que no me dejaría hacerlo más. Mi madre lo apoyó y yo lo odié por ello durante años –vio que Joe sonreía–. ¿Qué?

–Estaba imaginándote enfadada. Una fierecilla.

–Lo odiaba y le hice la vida imposible.

–¿Qué hizo él?

–Se mantuvo al mando, me toleraba. Me dijo que no le importaba si lo quería o no, que su trabajo era cuidarme y darme lo mejor y que lo haría, incluso si lo odiaba el resto de mi vida.

–Me cae bien –dijo, y ella sonrió–. Así que, ¿fue por todo ese cariño y protección por lo que te alistaste en el ejército?

Ella lo miró fríamente.

–¿Quieres oír la historia completa o no?

–Sí, claro.

–Entonces, escucha –dijo, pasando a otra carpeta–. Esteban esperaba que fuera a la universidad.

–Seguro que se enfadó muchísimo.

Ella se calló y meditó sobre todo aquello con la perspectiva que le daban los años.

–Si sigues así no te voy a contar más.

Joe se echó a reír.

–De acuerdo, cuéntame lo que querías hacer.

–Quería viajar por Europa durante un año, para vivir la experiencia.

–Eso no suena mal.

–¡Exacto! ¿Dónde estabas cuando te necesitaba?

–Patrullando por las calles de Los Ángeles y velando por tu seguridad –dijo él tras unos segundos–. Supongo que se lo tomaría mal.

–Se lo tomó muy mal y no quiso ayudarme económicamente. Yo hubiera tenido mi propio dinero si me hubiera dejado trabajar como actriz, pero no. Tenía que ser lo que dijera él o nada. Así que fue nada; me marché. Elegí el ejército porque necesitaba dinero y pensé que podía ser una buena oportunidad para mí. Fue una gran experiencia y me volví a alistar.

–No puedo imaginarte obedeciendo órdenes.

–No digo que pudiera hacerlo siempre, pero esos años me sirvieron para aprender a cuidar de mí misma. Una vez estuve al borde de la muerte –se calló; no solía hablar de ello–. ¿Y tú? ¿Cómo te hiciste policía?

–La respuesta es evidente: por mi padre.

–Pero eso no es un motivo.

–Es parte del motivo –tomó otra carpeta–. Pensé que podría hacer algo importante.

–¿Y?

–Bueno. A veces lo he conseguido, pero otras el trabajo se convierte en rutina y poco más. ¿Qué te ocurrió para estar a punto de morir?

Ella supo que no la iba a dejar escapar fácilmente.

–Estábamos en una misión de paz. Ironías de la vida. Un bombardeo destruyó nuestro campamento y mis compañeros, Nate y Sam, y yo, estuvimos atrapados durante dos días.

–¿Sufristeis daños?

–Golpes y magulladuras, y Sam se rompió una pierna –Joe la miraba sin decir nada–. Mientras estábamos atrapados esperando el rescate, planeamos crear nuestra empresa de seguridad. Yo sabía que

Esteban nos ayudaría a conseguir contactos y que si nos daban tiempo para demostrar lo que valíamos, tendríamos éxito –se quedó mirando la carpeta que tenía delante–. No me han quedado cicatrices. ¿Y a ti?

–¿Cicatrices? No del trabajo –dijo, cambiando de expresión, y ella se dio cuenta de que había ido demasiado lejos–. ¿Te apetece una cerveza?

–Desde luego –dijo ella, preguntándose si las cicatrices eran de la ruptura con su novia.

Ambos se pusieron a trabajar hasta que tuvieron dolor de espalda. La esperanza de Arianna disminuía al mismo ritmo que el montón de carpetas sin mirar que tenía a su lado. Aquella documentación no existía, había desaparecido. Cuando acabó de revisar su montón, esperó a que Joe acabara con el suyo.

–La suya es la única carpeta vacía –dijo ella.

–En efecto –convino él pasándose la mano por la cara.

–No lo entiendo, Joe.

–Yo tampoco.

Ella esperaba que se ofreciera a llamar a su padre, pero al ver que no lo hacía, miró su reloj y se levantó, irritada, cansada y frustrada.

–Tengo que irme –dijo ella, buscando las llaves del coche en su bolsillo.

Él se levantó lentamente y la acompañó hasta la puerta. Algo hizo que ella se detuviera al llegar allí, sin que supiera qué.

–¿Intentarás buscar el expediente cuando vuelvas al trabajo? –preguntó ella, mirándolo.

–No prometo nada.

Ella asintió, pero siguió sin moverse; no podía. Quería... algo. La frustración por no haber encontrado nada se había apoderado de ella; se sentía indefensa y sola en el mundo.

–Bueno –dijo ella, mirando al pomo de la puerta en lugar de a él.

–Arianna –él había pronunciado su nombre con tal tono de cariño que la dejó sin habla.

Con un suave murmullo reconfortante, la rodeó con sus brazos y la atrajo hacia sí. Empezaron a picarle los ojos. Normalmente los hombres no la abrazaban así, sólo abrazándola, probablemente porque ella no les dejaba; le gustaba mantener el control, pero cuando Joe la abrazó, se relajó y se recostó aún más contra su cuerpo. Podía oler su aroma y los dos se abrazaron más el uno al otro. Sus muslos se tocaban de un modo muy sexy.

Ella perdió la noción del tiempo. Él le acariciaba el pelo produciéndole dulces escalofríos por todo el cuerpo. Tenía la capacidad de atraerla; lo deseaba de un modo que no recordaba haber sentido antes. Aquel beso iba a pasar al *Guiness*...

Él inclinó la cabeza para mirarla, le apartó el pelo de la cara, y la besó en la mejilla. Ella cerró los ojos y esperó a que sus labios tocaran sus mejillas, una después de otra y luego los labios...

–Siento que no encontráramos lo que buscabas –dijo él.

Aquello la pilló con la guardia baja.

–Yo también –dijo ella, intentando centrarse en la conversación–. Gracias por ayudarme.

Ella levantó la cara hacia él y lo miró. Ya sabía que sus labios eran la combinación perfecta de suavidad, firmeza y tentación.

–Supongo que tu amigo Jordan está acostumbrado a que canceles tus citas –dijo él, apartándose de ella–. Supongo que te surgen muchos imprevistos.

En un momento tan caliente, sintió como si le echaran un jarro de agua fría, pero no iba a dejar que él lo notara.

–Tengo mucho trabajo urgente –dijo ella en tono profesional–, y tenemos que salir mucho de Los Ángeles últimamente. De hecho, pensamos abrir una oficina nueva en San Francisco.

–¿Te trasladarás allí?

–No. Sam tal vez lo haga, al menos hasta que la oficina esté en marcha. Su mujer tiene una casa allí.

–Es cierto, se casó con la senadora.

–Están de luna de miel. Respondiendo a tu primera pregunta, sí, Jordan está acostumbrada a que cancele nuestras citas.

–¿Acostumbrada? –dijo él, descubriendo sus intenciones.

–Somos amigas desde el colegio: se llama Jordan María Morelli.

Él hizo una mueca.

–¿Te has divertido haciéndome creer que tenías una cita?

–Tenía una cita con mi amiga Jordan. Íbamos a ver una película de Jackie Chan.

Joe se echó a reír.

–¿Jackie Chan? Probablemente eres una experta en artes marciales.

–Hago tae kwon do, pero el entrenamiento consiste en evitar verse en situaciones peligrosas o fuera de control. Tengo que tener una precaución especial si trabajo protegiendo a una persona, especialmente a un famoso. Puede pasar cualquier cosa.

Sabía que estaba intentando retrasar el momento de su marcha, de enfrentarse sola a su decepción, no sólo por no haber encontrado el expediente de su padre sino porque Joe no la había besado

Al mirarlo y verlo sonreír con sinceridad, se dio cuenta de que la había retado. Había decidido no besarla y dejar el balón en su campo. Tendría que volver a verlo.

–Un punto para ti –dijo ella, sin achantarse.

–¿Cómo? –preguntó él, levantando las cejas.

–Ya sabes a qué me refiero –replicó, viendo que él sabía el efecto que tenía sobre ella.

Él se acercó más a ella.

–¿Estamos compitiendo por algo?

–Pues sí, pero no sé exactamente por qué.

–Yo tampoco, pero si me das la revancha... –dijo él sonriendo.

Ella estuvo a punto de decirle el lugar y la hora, pero se contuvo. Era policía y estaba íntimamente relacionado con el hombre al que había odiado durante años, el que no hizo justicia al asesinato de su padre. No era vengativa, pero tampoco podía olvidar aquello.

La tentación era demasiado fuerte y no sabía si sería capaz de apagar aquel fuego, pero...

–Buenas noches, detective –dijo ella, sacando las llaves del bolsillo.

–Ya tienes mi número –dijo él, pasándole un dedo por la mejilla–. Arianna, soy bueno en los sprint, pero también soy un corredor de fondo.

–Bueno es saberlo –dijo ella alejándolo, preguntándose si aquel día habría cometido el error más grande de su vida.

Capítulo Seis

Más de una semana después, Arianna, sentada tras su escritorio, estudiaba a sus compañeros mientras comían y se ponían al día de los casos que tenían en marcha. Los dos hombres no podían ser más distintos: Nate Caldwell era rubio, muy abierto y el socio más visible de la empresa, mientras que Sam era moreno, serio y la cara oculta del grupo, o al menos hasta que se casó con la senadora Dana Sterling hacía dos semanas; acababa de volver de su luna de miel. Aun siendo tan diferentes, en el interior eran muy similares: inteligentes, fiables y leales.

Dentro de la empresa, Arianna era el socio ejecutivo, porque era a la que menos le molestaba hacer el papeleo de los tres, y aquel día tenía el escritorio inundado de expedientes, carpetas y facturas. Necesitaban al menos a dos investigadores más, incrementando la cifra hasta catorce trabajadores. También necesitarían más personal de administración.

–Tenemos que ponernos en serio con lo de San Francisco –dijo ella cuando Sam y Nate acabaron su conversación, mirando a Sam.

–Yo podría trasladarme allí por el momento –dijo Sam–, pero cuando Dana acabe su periodo en el cargo, queremos vivir aquí. Probablemente ella enseñará en la Universidad de Los Ángeles.

–¿Conocéis a alguien a quien podamos poner allí?

–Sí –dijo Sam–. Sólo le conozco por Doc. Lo conocí cuando trabajamos en el caso de Douglas Walker hace un par de años. Nos contrataron dos miembros de la familia distintos para hacer el mismo trabajo y acabamos trabajando juntos.

–¿Por qué te pareció bueno, Sam?

–No es posesivo con sus descubrimientos, cosa extraña, y desaparece con facilidad.

–Eso se te da muy bien a ti.

–Él es mejor aún y además sabe más de informática.

–Me cuesta creerlo –dijo Nate –. ¿Vas a acabarte ese sándwich, Arianna? –ante la negativa de ella, lo agarró y siguió–. El problema con los tipos solitarios es que no les gusta trabajar para otras personas y pondrá sus propias condiciones.

–Si es bueno, lo hará –dijo Arianna–. Sam, si es tan misterioso, ¿cómo lo encontraremos? Y... ¿aceptará los casos que le encomendemos?

–Es la única persona lo suficientemente buena a la que conozco. Si estáis de acuerdo, puedo buscarlo.

Nate asintió. En ese momento sonó el intercomunicador de Arianna.

–¿Sí, Julie?

–Es Joe Vicente por la línea dos.

A Arianna le dio un vuelco el corazón. Sam y Nate parecieron atentos a su respuesta y ella intentó mantener la calma.

–¿Puedes decirle que lo llamaré enseguida?

–Dice que es urgente.

Urgente.

–De acuerdo, pásamelo –antes de aceptar la llamada, miró a Sam y a Nate–. Si eso es todo...

–¿Joe Vicente? –recordó Nate–. ¿No es el detective de la policía de Los Ángeles que se encargó del caso de Alexis Wells? Sam me habló de ello. También me dijo que te ponías muy nerviosa cuando estabas con él, Ar.

–Lárgate, Nate

–Te estás poniendo colorada –dijo Nate, haciendo desaparecer su sonrisa–. ¿Desde cuándo va en serio?

–No va en serio. Me está ayudando con un asunto. Lárgate.

Nate se metió el último trozo de sándwich en la boca y se marchó. Sam en cambio la miró a los ojos.

–¿Estás bien, Ar?

–Sí.

Él la miró unos segundos más y después salió de la sala cerrando la puerta tras de sí.

Durante la última semana, Arianna había hecho todo lo que había podido para ignorar la existencia de Joe. Había sido en vano, porque ahora su reacción había sido aún más fuerte. No recordaba haberse sentido nunca así por un hombre. Tomó aliento y respondió al teléfono.

–Buenos días, detective.

–Eso no va a funcionar

Su voz sonaba divertida y cálida, y Arianna agarró con más fuerza el auricular.

–¿El qué?

–Lo de llamarme detective, e intentar mantener eso como un asunto de trabajo.

–No es trabajo.

–No. Excepto en este momento.

–¡Has encontrado el expediente! –exclamó ella, levantándose de un salto.

–Sí.

–¿Dónde?

–Te lo diré cuando te vea.

–¿Puedes venir? ¿Voy a casa de tus padres?

–No, ven a mi casa. Te daré la dirección.

Ella lo anotó todo con rapidez y dijo:

–Estaré allí en cuanto pueda.

–No te saltes el límite de velocidad.

–Sí, claro. Joe... ¿hay alguna respuesta?

–Ven a leerlo tú misma. Te estaré esperando.

Y colgó. Arianna necesitó un minuto para centrarse hasta que por fin fue consciente de que iba a enterarse de la verdad y que sus pesadillas cesarían.

Joe esperó a Arianna en el porche. Hubiera deseado sentarse y hablar con ella un rato, pero sabía que el expediente sería su prioridad y no podía culparla por ello.

Le había costado no llamarla durante toda la semana, especialmente el fin de semana, cuando los días parecían más largos y el insomnio era más despiadado. Además, ahora conocía a Arianna, la sexy Arianna.

Al ver su coche acercarse, se preguntó dónde viviría. Se imaginó que sería una casa moderna con piscina, no como la mayoría de las de su barrio, todas antiguas y reformadas al estilo tradicional.

Arianna caminó hacia él con paso desenfadado, pero con el cuerpo tenso. Llevaba una chaqueta verde oscuro, una falda por encima de las rodillas y una sencilla blusa blanca que dejaba adivinar el escote. El traje le daba un aspecto muy femenino.

Ella se quitó las gafas de sol al llegar al porche. Su pelo brillaba como nunca bajo la luz del sol, casi tanto como sus ojos. No dijo nada, y él entendió que estaba demasiado emocionada como para hablar.

–Al quitar un cuadro de casa de mis padres –dijo, colocándole una mano sobre el hombro–, descubrí una caja fuerte. No tenía ni idea de cuál podía ser la combinación, pero al recordar los números de la carpeta del expediente de tu padre, decidí probarlos y funcionó. Allí estaba toda su documentación del trabajo.

–¿Había algo más?

–Las perlas de mi madre. Han pasado de madre a hija durante cinco generaciones. También había un revólver... no sé si será de la policía, lo comprobaré. Mi padre tenía un arma, así que no sé por qué tendría ésta. Además, tiene el número de serie borrado.

–¿Acaso crees que...?

–No creo nada, no quiero pensar nada. Toda la documentación está sobre mi escritorio.

Él le indicó el camino por la casa, pensando en qué pensaría de ella. La había comprado hacía cinco años y la había restaurado y decorado para ser un hogar, para acoger a una esposa e hijos. Llegó a pensar en Jane como en esa esposa, pero ella se alejó cuando vio que la cosa iba en serio.

Haber conocido cuál era su carácter real antes de la boda era un consuelo demasiado leve para un corazón roto.

–¿Quieres tomar algo? –le preguntó a Arianna.

–No, gracias.

Ella se sentó a la mesa y observó el montón de papeles que tenía delante.

–Es un expediente muy gordo.

–Fue el asesinato de un policía.

–¿Por qué no me dices lo que hay aquí?

–No –dijo él, sabiendo que necesitaba leerlo. Había fotos, recortes e incluso un vídeo del funeral. Arianna, aun con ocho años, se había mantenido estoica, hasta ver cómo bajaban el ataúd a la sepultura. A Joe se le había encogido el alma al verlo.

Joe se sentó enfrente de ella y la observó mientras pasaba las páginas. Lo que no vería serían las fotos de la escena del crimen; él las había guardado en un cajón para no causarle más dolor del necesario.

–No entiendo nada –dijo ella un rato después–. Quiero decir, de su cuaderno de notas, ¿y tú?

–Muy poco.

–Es muy críptico. Parece una especie de código.

–Sí.

Ella se levantó con tal fuerza que volcó la silla. Sin prestarle atención, dijo:

–No hemos ganado nada con tener el expediente.

–Tiene que querer decir algo.

Ella empezó a caminar por la habitación, enderezando todas las placas y trofeos que Joe había conseguido en el instituto y en la policía.

Cuando se detuvo, él ya sabía lo que iba a decir.

–Tengo que hablar con tu padre.

Capítulo Siete

Arianna esperó su respuesta.

–De acuerdo –dijo Joe con resignación al cabo de un rato–. De acuerdo.

La tensión de Arianna desapareció en un instante y se sintió flotar. Alargó la mano para agarrarse a algo y se encontró con el brazo de él. Después le rodeó la cintura.

–Siéntate –dijo él, conduciéndola hacia un sillón de cuero y arrodillándose a su lado–. Respira hondo.

Era como si una ola enorme de emociones la hubiera golpeado con fuerza y todo su autocontrol no le sirviera de nada.

–Estoy bien –dijo ella, más para sí misma que para él.

–Relájate. ¿Quieres un vaso de agua?

–No –dijo ella sacudiendo la cabeza–. Sólo quiero ver a tu padre.

Él se puso de pie, tras dudar un segundo.

–Sacaré mi coche del garaje. Quédate aquí.

–Estoy bien –insistió ella–. Iré contigo.

–Como quieras.

Arianna reunió todo el material y lo guardó en una bolsa de tela que encontró sobre el escritorio. A la mortecina luz del atardecer, caminaron juntos hasta el coche y no hablaron en todo el trayecto. Joe se detuvo por fin frente a una casa de dos plantas de estilo colonial español. El césped y los árboles estaban bien cuidados.

Las ventanas tenían barrotes.

–Espera aquí –dijo él, y la dejó frente a la puerta principal.

Ella sacó un espejito de su bolsillo, se arregló el pelo con los dedos y se frotó las mejillas para darles color. Se cubrió con la chaqueta, deseando haber llevado pantalones y no falda.

–Arianna –dijo Joe, y su voz la sorprendió porque no le había oído acercarse–, pasa.

Él la siguió, guiándola por el vestíbulo hacia una habitación bien iluminada. Allí vio a un hombre sentado al lado de la ventana que sonrió al verla entrar. Se parecía tanto a Joe que Arianna se detuvo para observarle. Tenía el pelo gris y llevaba ropa deportiva azul y zapatillas.

–Hola, papá, soy Joe –dijo él, adelantándose a Arianna para darle un beso a su padre.

Un perro labrador de color crema se sentó y meneó la cola, después puso la cabeza sobre el regazo del padre de Joe y recibió una caricia. Era un perro viejo, pensó Arianna, pero leal a su dueño.

–Hola, Chief, amigo –dijo Joe, rascando al perro detrás de las orejas.

El señor Vicente siguió sonriendo, pero sin dar muestras de reconocer a Joe. Arianna pensó que tendría alzheimer y que sería imposible pedirle respuestas.

–Ésta es mi amiga Arianna –dijo Joe.

–Hola –saludó el señor Vicente.

Arianna estaba furiosa por que Joe no le hubiera hablado del estado de su padre. Volvió a sentir frustración por estrellarse nuevamente contra una pared, y también lástima por Joe, que había perdido a su madre tras una dura enfermedad y ahora tenía que pasar por aquello.

Ella se acercó al señor Vicente y se inclinó.

–Hola. Encantada de conocerlo –Chief la olfateó con su húmeda nariz.

–La señora Winters me ha dicho que has ido al parque a ver a las ardillas –dijo Joe, agachándose a su lado.

–Sí. Les gustan los cacahuetes –dijo, llevándose una mano al bolsillo lentamente–. No. No hay cacahuetes. A las ardillas les gustan.

–Te traeré para que se los lleves a las ardillas.

–De acuerdo, de acuerdo, Tommy.

Arianna se preguntó quién sería Tommy. Joe cerró los ojos un momento antes de contestar.

–Muy bien, papá.

Su padre le acarició el pelo, con ojos dulces y sonrisa amable. A Arianna le asaltó el recuerdo de Mike Vicente en su casa años atrás, después del asesinato. Lo había olvidado. Había olvidado al hombre de voz suave que se mantuvo de pie en silencio mientras su madre le gritaba. Arianna se vio atrapada en la escena y deseó poder reconfortar a su madre, pero se sentía atraída por la paz que parecía ofrecer aquella voz. Él le había preguntado si podía ayudarla en algo, y ella, aun deseando refugiarse en sus brazos, le había pateado las espinillas y le había respondido que se marchara de allí.

–Me acuerdo de usted –dijo ella, con un nudo en la garganta–. Vino a mi casa y fue muy amable. Gracias por su amabilidad.

Él sonrió como si recordara de qué estaba hablando, pero sus ojos estaban vacíos.

–De nada.

Ella miró con los ojos borrosos a Joe, que le devolvía una mirada interrogante.

–¿Te traigo algo, papá? –preguntó él.

–No, estoy bien.

–De acuerdo, te veré mañana –dijo, besando a su padre en la frente al levantarse.

–Adiós, señor Vicente. Me alegro de volver a verle.

El anciano la miró y le tomó una mano. Sus huesos parecían frágiles, pero su mirada pareció agudizarse.

–Te pareces a tu madre –dijo, cuando ella empezó a apartarse.

Asombrada, Arianna miró a Joe, que miraba a su vez a su padre.

–¿Sí? –preguntó ella.

–Tu madre era muy bella.

–Gracias –¿se acordaba de su madre?

–Yo la quería.

Oh, no se refería a su madre, sino a otra persona, a alguien especial.

Joe la agarró del brazo.

–Hasta pronto, papá.

–Adiós, Tommy.

Ella no dijo nada hasta que llegaron al coche. Él metió la llave en el contacto pero no arrancó. Parecía que estuviera esperando a que hablara ella.

–Tenías que habérmelo dicho.

–Tenías que verlo por ti misma o no me hubieras creído.

Tal vez tuviera razón.

–¿Cuánto tiempo lleva así?

–Le diagnosticaron la enfermedad hace tres años y desde entonces ha ido progresando lentamente. Mi madre lo cuidó incluso estando en tratamiento de quimioterapia, mientras pudo. Después tuvimos que contratar a una enfermera y yo me quedaba en casa por las noches. Cuando ella murió, yo intenté hacerme cargo de todo, pero no pude –dijo, con la mirada fija–. Simplemente, no pude.

–¿Por eso vendes la casa? ¿Para pagar el tratamiento y los cuidados?

–Es terriblemente caro. Pero quiero que esté en buenas condiciones, que le cuiden... se lo merece.

Tiene setenta y un años, aún puede vivir muchos más.

–¿Y cuando se acabe el dinero de la casa?

–Venderé la mía.

Arianna se quedó impresionada ante su firmeza. Tragó saliva.

–¿Quién es Tommy?

–Su hermano. Murió cuando tenía mi edad. Ya no me reconoce casi nunca. Llama a Chief por el nombre del perro que tenía cuando era adolescente, Sarge –dejó escapar un suspiro–. Pero pensé que te reconocía por un instante, aunque debía de estar hablando de otra persona –se volvió hacia ella–. ¿De verdad recuerdas que fuera a tu casa?

Ella asintió.

–Vino varias veces, se me había olvidado por completo. Mi madre estaba trastornada de dolor y le trató cada vez peor. Él simplemente se quedó allí y aguantó. Ahora me doy cuenta de que él también estaba frustrado por no haber encontrado al asesino, pero yo creía que estaba haciendo daño a mi madre.

–Entiendo –dijo él, comprensivo.

–Quería darte las gracias por presentarme a tu padre. Sé que ha sido duro para ti, teniendo en cuenta su estado.

–No estoy avergonzado de él.

–No es eso.

–Lo que no quería era que le hicieras mil preguntas. Sabía que no podría contestarte.

–Entiendo que quieras protegerle –dijo ella–. ¿Habla a veces de tu madre?

–Sí. Esta enfermedad les hace retroceder en su vida, como una cinta que se rebobina. Ahora me llama Tommy porque tengo la misma edad que Tommy cuando murió. Si le enseñara una foto de mi madre de antes de su muerte, no la reconocería, pero sí una de cuando tenía cincuenta años –su voz se ablandó–. Lo encontré llorando el otro día. Se había dado cuenta de que mi madre se había muerto, pero poco después volvió a caer en su mundo.

Arianna pensó que Joe había trabajado mucho últimamente como cuidador, pero que no mencionaba el nombre de su prometida ¿Quién le habría ayudado a soportar tan dura carga?

Ella lo estudió mientras conducía. Era un hombre de su casa, familiar, aunque no tuviera mucha familia en ese momento. Tenía una casa bonita, adoraba a sus padres y había amado lo suficiente a una mujer como para pedirle que se casara con él, pero algo había ido terriblemente mal.

En general, los policías resultaban ser malos maridos. Por necesidad, como veían tantos horrores en su trabajo, a menudo se encerraban en sí mismos para no compartirlos con nadie más, a veces hasta el punto de encerrar todas sus emociones. ¿Acaso su prometida no había sido capaz de sacarlo de su encierro? ¿Se había sentido apartada porque él no compartía sus sentimientos con ella? ¿No había confiado en ella para confiarle sus problemas?

–¿Quieres que vayamos a cenar? –preguntó Joe al llegar a su garaje–. También podríamos pedir comida para llevar.

–No tengo hambre, gracias –ella se aferraba a la bolsa que contenía el expediente. Quería llegar a casa y empezar a estudiar aquello hasta verle un sentido.

–Arianna.

–¿Sí?

–La cinta de vídeo es del funeral de tu padre –dijo, señalando la bolsa.

Ella la miró.

–De acuerdo.

–No quiero que la veas sola, al menos la primera vez.

–¿Por qué no? ¿Qué hay en ella? –sintió una punzada de pánico. ¿Qué podía haber tan terrible?

–Arianna, será duro verlo de nuevo y no creo que debas estar sola.

–De acuerdo. ¿Podemos verlo ahora?

–Sí.

Unos minutos más tarde estaban sentados en su acogedora sala de estar.

–Recuerda que es un vídeo de la policía –dijo él–. Lo estaban filmando para ver si acudía alguien implicado en el tiroteo o algún extraño, así que hay muchas tomas de los asistentes. Empieza en la iglesia y luego se traslada al cementerio.

–De acuerdo –su voz sonaba tranquilizadora y reconfortante a la vez.

Él se sentó a unos centímetros de distancia de ella en el sofá, y entonces ella se dio cuenta de que hubiera preferido estar sola para dar rienda suelta a sus sentimientos si lo necesitaba. Él ya la había visto en un momento de vulnerabilidad, algo que sólo Nate y Sam habían presenciado antes, en el momento en que pensaron que morirían juntos y compartieron sus secretos más ocultos y sus sueños. Siempre había pensado que pocas cosas podían ser peor que eso.

Además, no había contado con mostrarse vulnerable ante un hombre que le atrajera física, intelectual y emocionalmente. No se había equivocado en la fiesta; era un espíritu atormentado y la única diferencia con ella era que sus temores se hacían más evidentes que los de ella. Se había ocultado durante veinticinco años y no sabía qué resultaría de aquello, pero sabía que tenía que enfrentarse a sus miedos.

Arianna no hizo ningún comentario mientras veía la cinta. La cámara recorría una y otra vez a los asistentes y la imagen y el sonido eran de poca calidad, pero dejó de ser consciente de todo ello en el momento en que empezó la ceremonia religiosa. Volvería a verlo con el volumen al máximo para entender lo que decían de su padre. Cuando la ceremonia terminó, el jefe de policía, que había hecho uno de los discursos, las acompañó a su madre y a ella hasta el altar. Se acercó un poco más para ver la imagen de su madre con treinta y tres años, casi la edad que tenía Arianna en esos momentos. Vestida de negro, Paloma parecía exhausta de dolor. Arianna se dio cuenta de que no había vuelto a ver a su madre vestida de negro desde entonces.

Joe se acercó a ella cuando la imagen se trasladó al cementerio. Ella no podía oír lo que dijo el sacerdote, pero escuchó las salvas de honor. A continuación, el ataúd descendió bajo tierra y se vio a sí misma empezar a llorar y a llamarlo una y otra vez mientras su madre intentaba calmarla y los demás miraban incapaces de hacer nada. Se dio cuenta de que había empezado a llorar. No recordaba la escena del cementerio y entonces hubiera deseado no haberla visto o que se la hubiera recordado. Había gritado «papá» hasta que se quedó afónica y quedó completamente bañada en lágrimas.

Sintió la mano de Joe sobre su hombro y la apartó. Él le alcanzó una caja de pañuelos. No podía mirarlo, no podía hablar. Sacó unos cuantos pañuelos y hundió la cara en ellos, intentando que las lágrimas no se convirtiesen en sollozos, aunque ya los notaba oprimiéndole dolorosamente el pecho.

La cinta finalizó por fin, pero ella no se movió.

–Lo siento –dijo él.

–Fue hace mucho tiempo.

–Arianna...

–¡No! No lo hagas –dijo levantándose. Miró a su alrededor. Tenía que marcharse a casa, pero sabía que no podía conducir en ese estado–. Tengo que averiguar quién lo mató.

–Lo sé.

–Tengo que marcharme.

–Aún no. Espera unos minutos –dijo él–. Deja que te enseñe mi casa.

–Yo... –no tenía nada que argumentar–. De acuerdo.

–Te enseñaré el jardín primero –dijo él, indicándole el camino.

Ella lo siguió, pero con la cabeza en otro lado. Él no dejaba de hablarle acerca de las reparaciones que había hecho o la intención de ciertos elementos decorativos, probablemente sólo para distraerla. A la mente de Arianna acudió la imagen de Joe con su padre; su ternura y el dolor que vio en sus ojos al ser confundido por su padre con su hermano muerto.

Arianna le puso una mano a Joe en el hombro. Él se detuvo y la miró.

–Siempre cuidas de todo el mundo, ¿verdad? –preguntó ella.

Él miró en otra dirección.

Ella se acercó a él. Pudo ver al final de un pasillo la puerta abierta de una habitación, obviamente, la suya, con una cama grande sin hacer. El único rastro de desorganización en la casa.

–¿Quién se ocupa de ti, Joe? –preguntó ella.

–Yo estoy bien.

–No estás mucho mejor que yo –se inclinó más hacia él, con los ojos abiertos y lo besó –. ¿Quién se ocupa de ti?

Capítulo Ocho

Joe la dejó besarlo. Sólo un minuto, pensó, después la apartaría.

Pero no la apartó. No pudo. No quiso apartarla.

La rodeó con los brazos y la atrajo hacia sí, inclinándole la cabeza hacia atrás. Abrió sus labios y los de ella, atrapando sus gemidos y suspiros en su boca, un placer sólo imaginado en sueños. Lo cierto era que había estado soñando con ella. Día y noche, había tenido sueños calientes acerca de lo que haría con ella si tuviera la oportunidad.

Y ahora la tenía... ¿Qué iba a hacer?

Era demasiado pronto, apenas se conocían y él sabía que los dos lo habían pasado muy mal. No estaban siendo racionales y los comportamientos poco meditados tenían consecuencias.

Ella le rodeó el cuello con los brazos y se juntó más a él, los senos contra su pecho, abdomen contra abdomen. Arianna presionaba con sus muslos los de él, con un movimiento eléctrico, hasta que él colocó una pierna entre las de ella, y la levantó poco a poco hasta que ella dejó caer la cabeza hacia atrás y emitió un gemido largo y profundo. Él la besó más profundamente a la vez que ella se volvía loca entre sus brazos.

«Consecuencias». La palabra seguía resonando en su cabeza.

«Al cuerno». Había pasado tanto tiempo y ella estaba tan bien que necesitaba olvidarlo todo. Y también ella.

Él la empujó hasta su habitación y se detuvo al lado de la cama para mirarla.

–Sí –susurró ella, con su cara entre las manos, atrayéndole hacia ella–. Sí.

Le estaba dando permiso y a la vez le estaba suplicando. Después, ya no hubo más palabras entre ellos, sólo sensaciones, calor, sabores, sonidos... El tacto de su piel mientras Joe le quitaba la ropa, el calor de sus manos mientras lo desvestía, que exploraron su cuerpo casi con ansia, el sabor de la esencia de su cuerpo y los sonidos que salían desde su pecho, que hablaban con más claridad que las palabras.

Él nunca había visto un cuerpo tan magnífico, nunca había hecho el amor con una mujer que le igualase en necesidad y fuerza, y darse cuenta de eso, le hacía desearla aún más.

Después dejó de pensar; había tanta pasión en el ambiente que ambos estaban sudorosos y su piel resbaladiza. Justo cuando estaba a punto de hundirse en ella, Arianna se levantó, le hizo colocarse boca arriba y trepó sobre él, tomando el control de la situación. Él la dejó... un rato. Era imposible no rendirse a ella; sus besos le incendiaban la piel, su pelo despedía chispas eléctricas tan fuertes que él creía estar escuchando truenos. La pasión de Arianna, su deseo, lo cubrió entero hasta pensar que se estaba ahogando en ella.

Él la atrajo hacia sí y rodó sobre ella, se hundió en su carne y buscó el ritmo. Ella estaba deliciosa; caliente, húmeda y firme. Lo rodeaba con sus fuertes piernas, con el cuerpo arqueado hacia él. Ella gritó y gritó mientras él intentaba contenerse, sudoroso, apretando los dientes, con todos los músculos del cuerpo tensos.

Hasta que al fin, todo se convirtió en una explosión de luz y sonido. Y después, paz. Felicidad. Placer. No podía recordar ningún otro momento ni remotamente parecido a aquél.

Volvió a ser consciente de lo que le rodeaba, poco a poco. Arianna no hablaba. Él podía notar su rigidez al igual que había notado antes su agitación. La besó, sin respuesta. Se colocó a su lado, pero ella no lo miró. Arrepentimiento.

Joe supo al instante que querría marcharse y que no querría que le hicieran preguntas, así que bajó de la cama y recogió la ropa de los dos. Salió de la habitación sin decir nada, se vistió en el pasillo y la esperó en el sofá de la sala.

Ella aún parecía una chica anunciando sexo salvaje, pensó él cuando ella llegó a la sala.

–Tengo que marcharme –dijo.

Él asintió. Ya lo sabía. Ella recogió la bolsa que contenía el expediente de su padre.

Joe la agarró por la muñeca.

–Te ayudaré a averiguar la verdad sobre tu padre.

–¿Por qué?

–Porque aunque tú no estuvieras relacionada con esto, yo hubiera encontrado el expediente de todos modos y hubiera intentado encontrar la verdad oculta en él. Yo también necesito respuestas, igual que tú.

Ella se soltó de él y se sentó en una silla frente a él.

–¿Qué tipo de respuestas?

–La implicación de mi padre en todo esto, de dónde salió la pistola.

Ella se puso rígida.

–¿Estás diciendo...?

–No digo nada, pero tiene que haber una razón para que mi padre metiera todo eso en su caja fuerte para que nadie pudiera encontrarlo más que yo. Probablemente imaginó que sería tras su muerte. No sé cuál puede ser la razón, pero no puede ser buena.

–No, pero, ¿cómo podemos trabajar juntos? Después de haber hecho el amor.

Lo dijo sin rodeos, y aquello le recordó a Joe su fama de fría. Aquello parecía haberle afectado más a él que a ella.

–Esta noche he recordado algo importante –dijo él, pasándose una mano por la cara–. Yo tenía catorce años cuando tu padre murió. Lo recuerdo porque fue el año que empecé el instituto y mi padre estuvo frenético durante meses. Debía de estar inmerso en la investigación de tu padre –de hecho, estaba en el mismo estado que había estado Joe durante el último año. Un paralelismo evidente. ¿El motivo había sido sólo el caso, o había algo más?

–Joe –ella se detuvo y cerró los ojos un segundo–. Uno de los dos puede descubrir algo terrible de la vida de su padre. Se mezcla por un lado la ética de descubrir la verdad y el deseo de mantener el honor de nuestros padres en nuestros recuerdos. Es muy conflictivo.

–¿Deberíamos investigar cada uno por su cuenta? –él se inclinó hacia ella–. Tal vez descubra que mi padre no hizo bien su trabajo y tú puedes descubrir algo del tuyo que no te guste, pero nuestro objetivo es descubrir la verdad, sin importarnos cuál sea, lo dolorosa que sea. El destino quiere que trabajemos juntos en esto, Arianna.

Ella ladeó la cabeza.

–Nunca te hubiera tomado por un fatalista.

–Es mejor aceptar las cosas como vienen.

–De acuerdo –dijo ella, frotándose los muslos con las manos–, de acuerdo. Trabajaremos juntos. Policía e investigador privado... extraños compañeros de cama, como dijo Scott.

–Yo no diría extraños –más bien, extraordinarios, increíbles, geniales. Por un momento, él pensó que ella se sonrojaría, pero no lo hizo y pareció ignorar el comentario.

–¿Cuándo quieres empezar? –preguntó ella.

–Tú dirás. Mañana, esta noche... puedes quedarte a dormir.

–No puedo –dijo ella rápidamente–. Tengo una reunión a primera hora y mucho trabajo. Vendré a la salida de la oficina.

–Perfecto. Tengo muchas cosas que hacer.

Ella se levantó y él la imitó.

–¿Has acabado en casa de tus padres?

–No, pero falta poco –señaló el paquete que aún tenía entre los brazos –. Puedes dejar eso.

–¿Por qué? –preguntó ella, abrazándose con más fuerza a la bolsa.

–Porque te quedarás despierta toda la noche intentando averiguar algo y necesitas dormir.

–Si lo dejo aquí, tú harás lo mismo. Además, tengo que hacer copias de todo.

–No te preocupes, yo haré las copias mañana –dijo, quitándole la bolsa de las manos–. Descansa y mañana te prepararé la cena.

Le hubiera gustado llevarla a casa o que se hubiera quedado a dormir. Tan sólo dormir. Pero ya sabía cuál sería su respuesta.

El momento era muy extraño. Acababan de hacer el amor... lo normal sería despedirse con un beso, pero la expresión de ella no le animaba a hacerlo. Al diablo, pensó él. La rodeó con sus brazos y la estrechó contra su cuerpo. Ella no se relajó.

–Siento lo de tu padre –dijo ella–. No puedo ni imaginar lo duro que tiene que resultar para ti.

–Gracias.

Él la soltó y ella se dirigió hacia la puerta. Entonces miró hacia atrás, como si quisiera decir algo, pero no lo hizo. Él la siguió hasta su coche, ella montó, arrancó y se marchó, sin más. Joe ni siquiera podía llamarla para saber si había llegado bien a casa, no tenía su número de teléfono aunque se había acostado con ella. Aquello no tenía sentido.

Joe entró en casa, se quitó los pantalones y se tumbó en la cama boca abajo, donde antes había estado ella. Aún podía oler su aroma en las sábanas. Sus puños se cerraron sobre la tela al preguntarse si para ella había sido sólo una noche más, una distracción para ayudarla a olvidar.

¿Deseaba él algo más que eso? Si esperaba más de ella, podría sufrir. Además, tal vez él no tuviera nada que ofrecer.

Pero no lo sabría si no lo intentaba.

Arianna permaneció largo rato bajo la ducha con los ojos cerrados. Idiota. Había roto sus tres reglas básicas: no estar con alguien con quien trabajara, llevar siempre el control de la relación y no tener sexo sin protección.

¿Y después, qué? Para empezar, se había acostado con un hombre con el que había trabajado en el pasado y con el que tal vez debiera trabajar en el futuro. Además, iba a trabajar con él en el caso más importante de su carrera.

Para continuar, había perdido el control de sus acciones y de sus reacciones, y no sólo no había tomado el control, sino que le había dejado a él hacerlo.

Y para terminar, era la primera vez que no le pedía a un hombre que usase protección en la relación sexual. Estaba tomando la píldora, pero...

Había roto todas las reglas y las consecuencias no tardarían en llegar.

Por fin, cerró el grifo, agarró una toalla y hundió la cara en ella. Se había vuelto loca. Loca y tonta. Ambos eran vulnerables y no era un buen momento para embarcarse en una relación, y menos una relación de riesgo como aquélla.

Desde luego, la culpa de haberse acostado, no había sido de él, sino de ella. Ella había sido la única culpable de todo, y lo último que quería era hacerle daño.

Arianna se secó el pelo y se puso una camiseta y pantalones de pijama de algodón. A sus vecinos no les gustaría que tocase el piano a esas horas y era demasiado tarde para responder al mensaje que su madre le había dejado en el contestador. Menos mal; no sería capaz de hablar con su madre esa noche. Pero sí con Joe.

Él respondió enseguida al teléfono.

–Espero no haberte despertado –dijo ella.

–No lo has hecho. Me alegro de que hayas llamado. ¿No puedes dormir?

–No lo he intentado aún. Tenía que decirte algo antes.

–De acuerdo.

Ella no pudo sacar ninguna conclusión de su tono de voz.

–Si vamos a trabajar juntos, tenemos que olvidar lo que ha pasado.

–¿Por qué?

–Es obvio...

–Tal vez lo sea para ti, Arianna. Para mí, nos buscamos el uno al otro. Nos besamos, hicimos el amor y fue genial. ¿Acaso no lo fue para ti?

–Sí, pero...

–No hay peros que valgan. Nos necesitábamos el uno al otro y somos adultos.

Él no pareció durar en lo más mínimo.

–Nunca había tenido sexo sin protección –dijo ella.

Su silencio pareció dudar una eternidad.

–¿Tomas anticonceptivos?

–Por supuesto.

–Por supuesto –repitió él, con voz sonriente–. Entonces no tienes nada de lo que preocuparte.

–De acuerdo –una regla rota arreglada. Intentaría ganar control sobre la relación–. Entonces, ¿quedamos en que no hablaremos más de ello?

Otra vez, él se quedó callado.

–Tú puedes intentar ignorar todo lo que quieras, pero yo he elegido no hacerlo.

–¿A qué te refieres?

–A que no voy a ignorarlo ni a olvidarlo. Eso ha significado algo para mí. ¿Para ti no?

¿Cómo tenía que responder a aquella pregunta? Maldición. Él sabía cómo ponerla contra las cuerdas.

–Sí ha significado algo para mí –incluso había roto sus reglas–, pero te estoy pidiendo que, como caballero, no lo uses contra mí.

Él se echó a reír y ella se dio cuenta de lo que acababa de decir.

–Quiero decir, que no me lo recuerdes constantemente.

–No puedo prometerte eso –su voz se dulcificó–. Hacía mucho tiempo que no me pasaba algo tan bueno. No puedo ignorarlo, pero te dejaré que seas tú la que dé el paso siguiente, si lo prefieres.

Él parecía burlón, como si supiese que ella no podría resistirse, pero ya se lo demostraría.

–Trato hecho.

–Dulces sueños –dijo él.

–Igualmente, detective.

Él se rió.

–¿De vuelta al trabajo, verdad? De acuerdo, pero por si tienes dudas, lo de hoy ha sido un sprint.

Y colgó. Ella se quedó un segundo con el auricular en la mano antes de colgar, sonriente.

Capítulo Nueve

Arianna se centró en la reunión que tendría con el personal a la mañana siguiente. Tenía que hacerlo porque era la jefa. Después de la reunión, tenía cita con un cliente nuevo que necesitaría protección personal cuando acudiera a una fiesta benéfica ese mes. Era objetivo de una organización de defensa de los animales que se oponía al uso de animales en la experimentación en su empresa farmacéutica.

Estuviera de acuerdo con ello o no, Arianna creía que nadie debía sufrir daños por tener unas creencias distintas. Así que, si consideraba que el trabajo se podía hacer, lo haría ella misma aun arriesgándose también ella. Ella acudiría como su acompañante y él parecería despreocupado acerca de su seguridad, a la vez que estaba bien protegido.

–¿Algo más? –preguntó Arianna en la sala de reuniones.

Nadie dijo nada y todos empezaron a salir de la sala. Las risas eran el fondo de las conversaciones; Sam, Nate y ella habían conseguido un grupo que trabajaba bien junto y se llevaba bien. Las diferencias de opinión se respetaban dentro del grupo y el ambiente era cálido y amistoso. A Arianna le encantaba ir a trabajar.

Excepto aquel día. Hubiera deseado estar en casa de Joe, trabajando en el expediente de su padre.

Notó que Sam se había quedado en la sala rezagado.

–¿Ha habido suerte con lo de Doc?

–Nada. Intenté llamarte ayer, pero fue imposible.

–Tuve un día duro –dijo, levantándose, tras recoger sus papeles.

–¿Eso es todo? –preguntó, mirándola de cerca, con preocupación de amigo–. ¿Tiene algo que ver con Joe Vicente?

Ella se apoyó con la cadera en la mesa.

–Va a ayudarme a encontrar al asesino de mi padre –dijo, explicándole el asunto–. Tengo que intentarlo.

Él asintió.

–Si hay algo que pueda hacer, dímelo.

Julie, la recepcionista, apareció en la puerta.

–Arianna, Joe Vicente por la línea tres y acabo de hacer pasar a tu madre a tu despacho.

¿Su madre? ¿Allí? Sólo había ido a su oficina un puñado de veces desde que había empezado el negocio.

–Gracias, Julie.

–¿Quieres que me marche? –preguntó Sam.

–Espera un momento –dijo, apretando el botón de la línea tres de su teléfono–. Buenos días, detective.

–Hola. ¿Qué tal has dormido?

–Bien, gracias. ¿En qué puedo ayudarte?

–Ah, profesional. De acuerdo. He estado mirando el expediente y pensé que tal vez quisieras empezar a buscar a los testigos. Tienes más recursos para ello que yo, puesto que no tengo acceso a mi ordenador.

–Buena idea. ¿Por dónde empiezo?

–Mary Beth Maxwell. Veinticinco años entonces –le dio la dirección y otros datos personales.

–Gracias, ¿algo más?

–Por ahora no. Te veré esta noche.

–¿Sobre las seis?

–Perfecto. Hasta luego.

Después de colgar, copió los datos que Joe le había dado en otro papel y se los pasó a Sam.

–¿Podrías hacer un poquito de magia y ver qué encuentras de esta mujer? Debe tener unos cincuenta años y puede haber cambiado de estado civil un montón de veces en este tiempo. Tal vez ni siquiera esté viva –otra pista que no llevaría a ninguna parte.

–Me pondré a ello –dijo Sam–. ¿Qué hace Paloma aquí?

–Cotillear, supongo.

–Derecho de madre, diría ella. Me pasaré por tu despacho dentro de un momento a saludarla.

–Interrúmpeme con algo muy urgente, ¿de acuerdo? No estoy de humor para soportar madres.

–¿Tu detective es un poco más difícil de manejar de lo esperado?

–¿Qué quieres decir? –replicó, con mirada feroz.

–Siempre me he preguntado cómo reaccionarías cuando encontraras a alguien como tú. Ahora lo veo; estás a la defensiva.

–No lo estoy –dijo ella.

Él no insistió.

–Te veré enseguida.

Arianna se dirigió a su despacho.

–¡Mamá! Qué sorpresa –dejó unos papeles en su escritorio y la abrazó–. ¿Qué te trae por aquí?

–No me llamaste anoche.

–Llegué tarde a casa.

–¿Y esta mañana? Supongo que saldrías temprano también.

Paloma se sentó. Tenía los puños cerrados, y los nudillos blancos.

–Pues sí –dijo Arianna, sentándose a su lado. También se notaba el estrés reflejado en su rostro.

–¿Qué pasó? ¿Lo viste?

–Sí.

–¿Qué te contó?

–Nada.

–Ya te lo dije –repuso su madre.

–No es que no tuviera nada que contar, mamá, pero tiene alzheimer. Sus recuerdos han desaparecido casi completamente.

¿Era alivio lo que veía en la cara de su madre?

–Entonces, ¿lo dejarás?

Arianna tomó las manos de su madre entre las suyas.

–No puedo. Aún no. Aún hay pistas y datos que comprobar. No pasaré el resto de mi vida investigando, te lo prometo, pero ahora tengo que hacerlo.

–De acuerdo, hija –dijo Paloma mirándola a los ojos.

–Gracias, mamá. Fue muy raro ver al señor Vicente. Me acordé de cuando vino a casa y tú le gritaste. Él fue muy amable con nosotras dos.

Paloma se puso rígida.

–Tenía que hacer su trabajo, y no lo estaba haciendo lo suficientemente bien para mí.

–Al final, no lo hizo. Nunca encontraron al asesino.

–Hola, preciosa –dijo Sam al entrar en el despacho.

La expresión de su madre cambió por completo al ver a Sam, lo que picó aún más la curiosidad de Arianna. No entendía por qué su madre no quería que investigase.

–¿Qué tal tu luna de miel? –preguntó Paloma.

–Como tiene que ser una luna de miel –después miró a Arianna–. Creía que tenías una cita.

Ella miró su reloj.

–Sí. Mamá, de verdad, tengo que irme.

Arianna acompañó a su madre hasta el coche, pero se dejó llevar por su instinto.

–Mamá, ¿hay algo que no me hayas contado?

–Hija, hay muchas cosas que no te he contado –dijo con una sonrisa serena.

–Sobre papá, sobre su asesinato. ¿Tienes miedo de algo que pueda descubrir?

–Estoy preocupada por ti. No quiero que se convierta en una obsesión.

Aquello no era una respuesta, pero no quiso ir más allá por el momento.

Arianna aceptó el caso del empresario farmacéutico y vio a un par de clientes más aquel día. Sam no había conseguido localizar a la testigo Mary Beth Maxwell, aún.

Arianna se cambió en la oficina y se puso unos vaqueros y una blusa más informal. Ya en el coche, llamó a Joe para avisarle de que se dirigía hacia su casa.

–¿Podrías comprar pan y un par de botellas de leche antes de venir? –preguntó él.

–Sí, claro.

Él se echó a reír.

–Estaba bromeando. Me empezaba a sentir como un ama de casa que espera a que su marido vuelva del trabajo.

–Ya –dijo ella sonriendo–. ¿Estás harto de vacaciones?

–Estaba harto el primer día, pero creo que me voy acostumbrando. Espero que tengas hambre porque he trabajado como un esclavo.

A ella nunca la habían tratado así, cortejándola y esas cosas. Bueno, lo habían intentado, pero nunca se había sentido interesada.

–Dijiste que me dejarías dar el siguiente paso a mí.

–Hay pasos y pasos.

Le encantaba el tono de autoconfianza de su voz. La inteligencia, rapidez, su atractivo, era un amante increíble. Desde el primer beso supo que con él sería genial, sabía exprimir al máximo cada momento, pero le había sorprendido la intensidad.

–Parece que siempre encuentras la forma de hacer las cosas a tu manera.

–¿Eso crees? Bueno, te veo enseguida. Conduce con cuidado.

–Eso siempre –dijo ella. Cuando colgó, estaba de mucho mejor humor.

Joe, al contrario de lo que le había dicho a Arianna, no se había esforzado demasiado en la cocina. Había planeado hacer unas hamburguesas y había comprado una ensalada y postre en un restaurante de la zona. Suponía que ella quedaría horrorizada por todas aquellas calorías, pero su repertorio culinario tenía ciertos límites.

Sonó el teléfono. Él se preguntó si sería ella para decirle que no podría ir, después de todo.

No era Arianna, sino el teniente.

–¿Qué tal va todo? –preguntó Morgan.

–Bien.

–¿Te mantienes ocupado?

–Sí.

–¿Qué tal está tu padre?

–Igual. Casi he acabado de vaciar la casa. Los nuevos propietarios se instalarán la semana que viene.

–Bien. ¿Has tenido alguna cita?

–Pues sí –no hubiera podido tener mejor introducción para lo que quería preguntarle–. Con Arianna Alvarado.

–La investigadora.

–Nos encontramos en una fiesta. ¿Sabías que su

padre era policía, y que lo mataron estando de servicio? –en ese momento vio el coche de Arianna aparcar delante de su casa.

–Ya lo sabía. No parece tu tipo.

–A mí también me sorprendió. ¿Conoces la historia de su padre? Ella dice que nunca se resolvió y que mi padre era el encargado del caso –Joe abrió la puerta para dejar pasar a Arianna. Ella le sonrió y pasó a la sala de estar. Él se distrajo un momento al verla en vaqueros y no se dio cuenta del silencio de Morgan hasta después de varios segundos.

–Recuerdo que hubo un tiroteo –dijo Morgan–, pero yo aún no era detective.

–Me gustaría pasarme y echar un vistazo al expediente.

–Te dije que cuatro semanas y lo decía en serio, Joe.

–Esto es distinto.

–No. Sería una obsesión más en tu vida.

–¿Estás diciendo que no puedo mirar el informe?

Arianna levantó las cejas al escucharlo.

–Lo que estoy diciendo es que no quiero verte cerca de este edificio.

–Yo no me acercaré, pero probablemente lo haga ella. Quería que lo supieras.

–Gracias por el aviso. Me parece muy bien que aproveches tu tiempo libre, pero tengo que decirte que no me parece que la señorita Alvarado sea tu tipo.

–No es tan dura como dicen los rumores.

–Tal vez. Tenme al día.

Joe colgó y empezó a pasarse el teléfono inalámbrico de una mano a otra.

–Interesante.

–¿Qué pasa?

Dejó el teléfono a un lado y se sentó con ella en el sofá.

–Mi teniente me acaba de decir, más o menos, que no me involucre en el caso de tu padre.

–¿Te lo ha prohibido?

–Más bien me ha advertido.

–¿Qué crees que significa eso?

–Que hay algo más de lo que parece.

Sus pupilas se dilataron.

–¿No hay modo de acceder al expediente oficial y compararlo con el que tenemos?

–Sin permiso no. Y después de esto no podré acceder a él. Morgan lo habrá protegido.

–¿Puede hacer eso?

–No veo por qué no.

–¿Y no tendría derecho legal a verlo?

–No lo sé. Tendríamos que comprobarlo, pero tenemos las fotocopias y las notas de mi padre.

–Sí, pero son indescifrables –dijo levantándose–. Empecemos con ello.

Él se levantó también, pero le costó no tocarla.

–Primero, la cena.

–Pero...

Él sacudió la cabeza.

–Cenamos, hablamos un poco, nos relajamos y después nos ponemos manos a la obra.

–No tengo hambre.

–Pues puedes acompañarme mientras como. Sé que estás ansiosa, pero necesito combustible.

–¡Eres un mandón!

Él abrió camino hacia el jardín, donde estaba la barbacoa.

–No quiero que caigas en la misma trampa en la que caí yo el año pasado.

–¿Qué trampa?

–La de no tomarme ni un segundo para mí. No sólo acabé quemado, sino que también perdí a mi prometida.

Capítulo Diez

Por fin, pensó Arianna. Ahora podría saber algo más de aquella mujer.

–¿Cómo se llamaba? –preguntó ella.

–Jane –dijo, avivando las ascuas de la barbacoa–. Espero que te gusten las hamburguesas.

Ella sonrió. Le había estado tomando el pelo con lo de la comida.

–Sí.

–¿Y la ensalada de patatas?

–¿La has hecho tú?

–La ha hecho una persona. ¿Y la tarta de frambuesa? También la ha hecho una persona...

–Así que trabajando como un esclavo, ¿eh? –dijo sonriendo.

«¿Podemos pasar al asunto de tu prometida?»

–Oye, tardé un montón en decidir qué comprar, y eso es lo que cuenta.

–Eso es verdad –dijo alejándose un poco de él.

A un lado del jardín había un estanque. Ella se sentó en un banco para ver nadar a los peces en él.

–Qué bonito. ¿Hiciste tú el estanque?

–No, ya estaba en la casa, pero tuve que arreglarlo –dijo–. Estás muriéndote de curiosidad.

Ella lo miró. Estaba empezando a poner las hamburguesas en el fuego.

–Pues sí, lo admito.

–¿Quieres una cerveza?

Otra interrupción, pensó ella.

–Estaría bien.

Él entró en la casa. Ella se quedó mirando al agua, perdida en sus pensamientos. Él podía mantener la calma, pero ella tampoco se quedaría atrás.

Cuando volvió, le pasó una botella y se sentó a su lado. Ella, al notar su presencia, recordó sus besos, el calor que se transformaba en fuego, sus labios sobre sus pechos y su cuerpo contra el de ella. Y dentro de ella...

–Nos conocimos en un partido de baloncesto, hace dos años –empezó él.

–Es una fan del baloncesto.

–Trabaja para el equipo.

–¿Animadora? –preguntó Arianna, celosa por primera vez en su vida. No le gustó la sensación.

–Relaciones públicas.

–Te enamoraste.

Unos segundos después, él asintió con la cabeza.

–Nos prometimos un mes antes de que le diagnosticaran el cáncer a mi madre.

Arianna esperó.

–Unos cuantos meses después, Jane se cansó de que pensara en mis padres primero. Además, era la época del año de más trabajo para ella y esperaba que me olvidase de mis padres cuando ella estaba en la ciudad. Yo no podía hacer eso... Me devolvió el anillo hace seis meses.

–Tu madre murió un mes después –él asintió–. Y tuviste que ocuparte de tu padre.

–No me arrepiento de nada.

–Pero perdiste a tu prometida por ello.

–Estaba claro que no había hecho la elección adecuada.

–Fue muy egoísta.

Él se levantó a darle la vuelta a la carne.

–Ella se merecía más de lo que yo podía darle.

Arianna decidió no decir nada, pero se alegraba de que ya no estuviera con una persona que no le amaba lo suficiente como para compartir sus cargas.

–¿Y tú? –preguntó él–. ¿Algún novio oculto en el pasado?

–Nunca me he planteado casarme «nunca he estado enamorada y nunca me ha importado nada más que mi trabajo». Estoy muy ocupada con el trabajo y las clases de yoga y tae kwon do como para salir con gente. Y como soy el socio ejecutivo de la empresa, tengo que estar allí más horas que nadie.

–¿Viajas mucho?

–Sí, pero menos que los otros, porque yo me encargo de gestionar la oficina.

–¿Vives de alquiler?

–Sí. He pensado en comprarme una casa, pero me gusta mi apartamento. Está cerca de la oficina y es lo bastante grande para mí –la verdad era que deseaba tener un lugar donde poder tocar el piano a medianoche si le apetecía, donde plantar flores.

Durante la cena hablaron de sus infancias, de los primeros amores, del instituto, y ella consiguió relajarse por primera vez desde que había empezado a investigar el caso de su padre.

Empezó a refrescar y, después de llevar los platos sucios a la cocina, se instalaron con la documentación del caso en la mesa del comedor.

–He hecho dos copias de cada documento, para conservar el original intacto –dijo, empujando un montón de papeles hacia ella–. He hecho una lista de los hechos según el expediente y he intentado descifrar las abreviaturas con sus notas sobre otros casos.

–¿Has conseguido algo? –preguntó, mirando la lista de hechos que le acababa de pasar.

–No –dijo él–. En el caso de tu padre, aparecen números y letras, como si se tratara de un código.

–Otro callejón sin salida –dijo Arianna, descorazonada... ¿qué pretendía ocultar?

–¿Estás preparada para aceptar que tal vez no encuentres respuestas? –preguntó Joe.

Ella pensó en la pregunta.

–Si digo que no, puedes pensar que no tengo fe en la capacidad como investigador de tu padre. Si digo que sí, es como si me fuera a rendir enseguida. Lo que quiero es comprobarlo todo de nuevo y ver qué podemos encontrar. Si no encontramos nada, habrá que conformarse –tal vez tenía miedo de que las pesadillas no cesaran hasta que no descubriera la verdad.

–De acuerdo. Lo que sabemos seguro es que sólo hubo un testigo, Mary Beth Maxwell, la encargada de la licorería en la que tu padre fue asesinado durante un robo. Ella recibió tres disparos y permaneció varias semanas en el hospital hasta que se recuperó.

–Según su declaración –continuó Arianna–, sufrió amnesia. Parece que robaron el dinero de la caja. Probablemente mi padre sacara su arma y ahí empezó el tiroteo.

–Más o menos, fue así –dijo él–. A ella le dispararon con un calibre 22 y a tu padre con un 38.

–Probablemente esas armas ya hayan desaparecido.

–Sí. Pero mira la página siete. Dice que tu padre tenía un arma reglamentaria del calibre 38 que no encontraron en la escena del crimen.

–¿Crees que es la que está en la caja fuerte de tu padre?

–Tal vez. En aquella época no se hacían pruebas de balística como las de ahora sobre las armas reglamentarias.

Trabajaron durante horas intentando descifrar el código de abreviaturas, pero Arianna, por la falta de sueño, a las diez estaba agotada. Y a la vez, consciente de la tentadora presencia, calmada y sólida, de Joe a su lado. Siempre que ella perdía la paciencia, él conseguía de un modo u otro tranquilizarla. Y la tocaba... le daba suaves masajes en el hombro siempre que se levantaba a por bebida o a mirar algo en Internet.

Era como un amigo, se decía Arianna, como un viejo amigo... que la excitaba. El inocente masaje siempre bajaba un poco más allá de la clavícula, perdiéndose bajo el cuello de su blusa.

Ni siquiera intentó apartarle. «Hay pasos y pasos», había dicho él, y los suyos era sutiles.

Ella suspiró.

–¿Qué pasa? –dijo él.

–Nada.

–Estás cansada.

–Sí –era una verdad a medias–. Debería irme a casa.

–Quédate.

–No puedo.

–Sí que puedes. Tengo una habitación para invitados y estás demasiado cansada para conducir.

Él tenía razón, pero no había dejado a nadie ocuparse así de ella desde que abandonó el ejército.

–No te pongas en plan madre conmigo, detective –él sólo sonrió–. Tengo ropa para cambiarme en el coche –continuó inocentemente.

–Prepararé la habitación mientras tú sacas tus cosas del coche.

Ella recogió del coche la bolsa de viaje que siempre tenía allí preparada, junto con un traje y una blusa, y lo llevó todo a la habitación de invitados. Estaba decorada con mucha sencillez, como el resto de la casa, pero resultaba acogedora.

–La cama parece cómoda –dijo ella.

–Si no te gusta, puedes venirte a la mía.

Ella sacudió la cabeza, sonriendo.

–¿Nunca te rindes?

–No. ¿Necesitas algo más?

–Una camiseta para dormir.

Él salió a buscarla y ella pasó una mano por la colcha de retales, cosida a mano. No recordaba haber estado tan nerviosa al lado de un hombre desde hacía mucho tiempo.

Él volvió con una camisa azul claro en la mano.

–Quiero imaginarte con esto –dijo, pasándole la prenda–. Buenas noches.

Esperó a que él cerrara la puerta de su habitación y entonces fue hasta el baño, se duchó y se puso la camisa. Le sentaba muy bien. En cuanto llegó a la habitación se metió en la cama. Las sábanas estaban frías y la casa estaba en silencio. De repente, ya no tenía sueño.

Después de dar unas cuantas vueltas en la cama, decidió levantarse a por un vaso de agua. Fue hasta la cocina y, con el vaso en la mano, se detuvo junto a la ventana, que daba al jardín, bañado por la luz de la luna.

Era como si estuviera esperando a que ocurriera algo, pero no pasó nada. Volvió a su habitación y se sentó al borde de la cama. Tenía miedo de las pesadillas, así que volvió a levantarse y salió de nuevo de la habitación. Esa vez fue a la habitación principal. Esperaba encontrar la puerta cerrada, pero estaba abierta. Tampoco salía ningún sonido de su interior. Entró y se acercó a la cama; entonces él se dio la vuelta y la miró. Ella se detuvo y contuvo el aliento.

Él levantó el edredón, invitándola a tumbarse a su lado.

Ella se deslizó en la cama, entre sus brazos, acurrucándose a su lado. No sabía por qué, pero la hacía sentirse débil.

Susurró su nombre.

–Duerme –dijo él–. Sólo duerme.

–Tengo pesadillas –le advirtió ella.

–Y yo tengo insomnio.

–Oh. Así no te despertaré.

Él se rió y la besó en el pelo. Pero aquello no estaba funcionando. Seguía sin tener sueño. Lo deseaba.

–¿Te he dicho alguna vez lo mucho que admiro tu cerebro? –dijo ella.

–Yo creía que admirabas más mi trasero.

Ella se echó a reír.

–También, pero me alegro de que estemos trabajando juntos en equipo.

–Yo también. Duérmete.

Ella estaba segura de que llevaba boxers o algo así. Había rozado algo de tela con la rodilla al meterse en la cama. Empezó a juguetear con el pelo de su pecho.

–¿Crees que podríamos tener una relación física a la vez que trabajamos juntos?

Él se quedó callado unos segundos.

–¿Quieres tomarme el pelo?

–No. Yo sí lo creo –dijo ella, mirándole a la cara en la oscuridad.

–Lo discutiremos mañana –dijo él.

–¿Mañana?

Teniendo en cuenta lo que le había dicho la última vez, supuso que tendría que esperar a que él tomase una decisión. Como no podía pensar en nada más que decir, se acomodó contra él y cerró los ojos.

–¿De verdad te lo has creído? –dijo él, incorporándose sobre un codo y echándose a reír–. ¿Crees que dejaría escapar una oportunidad de hacer el amor contigo?

Él se inclinó sobre ella, pero Arianna le tapó la boca con las manos.

–Nos atraemos mutuamente, eso es innegable,

pero es muy importante que trabajemos bien juntos, porque lo que descubramos puede ser difícil de asumir –dijo ella, retirando las manos–. Si acostarnos juntos nos ayuda a evitar tensiones en la relación profesional, por mí no hay problema. Si te parece bien.

–Suena bien –convino Joe, acariciándole los labios con los suyos.

Ella pensó si debía decirle que en cuanto acabasen el trabajo, la relación debía acabar también. No, sus razones hubieran sonado egoístas. Él estaba preparado para tener una familia, y ella no. Él era policía, y los policías eran especialistas en tener relaciones desastrosas. Si Arianna se comprometía, sería para lo bueno y para lo malo.

Si decía aquello en alto sería como si creyera que él se iba a enamorar de ella y Arianna tampoco esperaba que ocurriera eso. Además, estaba su trabajo. Tendría que recordarse todo eso, pues él era un hombre con el que podía plantearse una relación seria.

Decidió olvidarse de todo eso y besarlo para saborear la dulce ternura de sus labios, tan distinta de la fiereza e impetuosidad de la noche anterior.

Sus labios eran cálidos y firmes, y le hacían desear más y más. Sus lenguas se encontraron y se acariciaron, sin prisa. Él recorrió su cuerpo con las manos, dejando un rastro de calor y desabrochando la camisa a su paso. Después se desnudó él también y le colocó una pierna entre las suyas. Él exploró su cuello con la boca, levantándole los pechos con las manos para llevarlos hasta su boca. Ella sintió dolor en los pezones hasta que él empezó a lamerlos, dibujando círculos con la lengua, mordisqueándolos hasta cerrar los labios sobre ellos y absorber profundamente.

Élla se intentó incorporar, pero él la retuvo. Ella

gimió y él la animó mientras seguía investigando, encontrando, dándole placer. Desde luego, sabía qué hacer, pero también ella tenía que hacer cosas por él.

Él no opuso demasiada resistencia y ella agradeció la libertad para saborearlo, para tocarlo, para darle placer. Le gustó provocar aquellos sonidos profundos, arrebatos de deseo y los roncos susurros de ánimo. Lo hizo sin prisa, disfrutando de sus contornos desnudos, saboreando el calor y la fuerza. Sintió que había triunfado cuando él pronunció su nombre con una voz llena de dolor y placer a la vez.

Estaba tan fuera de control como lo había estado ella la noche anterior. Aquello la excitó aún más.

De repente, él hundió los dedos en su pelo y la obligó a levantarse para devorarle la boca. Ella se dejó llevar por las sensaciones. Sintió cómo él colocaba las manos sobre su trasero y la obligaba a levantarse para hundirse en ella profundamente, moviéndose cada vez más rápido y con más violencia. El placer creció hasta límites imposibles, pero sin llegar al clímax. Ella lo rodeó con las piernas y lo besó con ansia.

Entonces llegó el orgasmo, la enorme explosión que duró y duró. Él tampoco se contuvo, sino que se unió a ella, sus húmedos cuerpos chocando uno contra el otro, impregnando el ambiente de la esencia del sexo. Finalmente, él se movió cada vez más despacio hasta pararse por completo y atraerla a su lado.

–¿Pasarás las noches aquí a partir de ahora? –dijo él, abrazándola.

–Sí «hasta que acabemos el trabajo».

–Bien. Ahora, duérmete –dijo, besándola en el pelo.

–Tengo que ducharme.

–¿Quieres que te frote la espalda?

–No estaría mal.

En la ducha, él le demostró otras técnicas amatorias.

Capítulo Once

Al día siguiente por la tarde, Joe condujo hasta la casa de Mary Beth Maxwell. Se había casado con Leon Horvath hacía diecinueve años y tenía dos hijos adolescentes. Sam había encontrado a la única testigo del asesinato de Mateo Alvarado en el barrio de clase media de Fullerton, donde vivía desde hacía doce años.

Arianna le había llamado hacía escasamente una hora para pasarle la información y se ofreció para dar una vuelta por el barrio, aunque no se acercaría a ella hasta que estuviera también Arianna. Se presentarían por sorpresa, lo que les daría ventaja, pero para eso tendrían que encontrarla sola en casa.

Un Ford rojo, uno de los que aparecían en el registro de tráfico a nombre de la familia Horvath, aparcó frente a la casa. De él salió una mujer de talla media, rubia y atractiva. Sacó unas bolsas del asiento trasero y se dirigió a la casa. Unos minutos después salió a buscar más bolsas, cerró el coche y activó la alarma.

Joe esperó. Veinte minutos más tarde, un Volkswagen Beetle azul descapotable, también a nombre de los Horvath, aparcó junto al Ford. De él bajaron cuatro adolescentes con mochilas a la espalda y se metieron en la casa.

Media hora después, tres de los chicos salieron de la casa y dos entraron al coche. El tercero, el conductor, se quedó mirando a Joe. Después les dijo algo a los otros chicos, que salieron del coche y echaron a andar en dirección al coche de Joe, como si estar en grupo les librara de que les disparasen, si ésa fuera la intención de Joe. Cosas de chicos.

–¿Qué está haciendo? –preguntó el conductor, alto, delgado y beligerante. El típico adolescente.

–Vigilancia –dijo Joe, mostrando su placa de detective.

–Genial –comentó uno de los chicos–. ¿A quién vigila?

–No puedo decirlo.

–Apuesto a que es...

El hijo de los Horvath le dio un codazo para callarlo.

–En su placa pone que es de Los Ángeles, no de Fullerton. ¿Puede estar aquí?

–Claro que sí, y, chicos, estáis poniéndome difícil lo de pasar inadvertido.

–Es genial –dijo otro, agarrando al hijo de los Horvath y llevándoselo de allí.

Se alejaron mirando hacia Joe en unas cuantas ocasiones, especialmente el hijo de los Horvath, que seguramente habría memorizado su número de placa.

Al ver que el señor Horvath no había aparecido a las seis de la tarde, Joe decidió ir a buscar a Arianna. Su coche estaba aparcado a la entrada de la casa.

Se preguntó si podría saludarla con un beso. Ella había conseguido evitar un beso de buenos días, como si la habitación fuese el único sitio donde se pudieran tocar y la relación física debiera separarse de la profesional.

La había echado de menos durante todo el día, contra su voluntad. Ella había tenido una violenta pesadilla por la noche y él la había abrazado y calmado hasta que se volvió a dormir. Se alegró de haber estado con ella.

Pero él también había dormido, sorprendentemente. El mejor sueño desde hacía muchos meses, y el estómago también le dolía menos desde que estaba de vacaciones. Desde que la conocía.

Abrió la puerta y se detuvo en el acto. Algo olía terriblemente bien. Siguió el aroma hasta la cocina y allí encontró a Arianna entre los fogones.

–¿Sabes cocinar?

–Gracias a mi madre.

–Recuérdame que la felicite –dijo, acercándose a ella para besarla.

–Prueba –dijo ella, interponiendo una cuchara llena de arroz.

Nada de beso entonces.

–Está bueno –dijo él, comiendo de la cuchara, instantes antes de que el fuego atacara su boca y su estómago.

Corrió al grifo y bebió directamente del chorro, sin esperar a sacar un vaso.

–Sí que es fuerte.

–Imaginé que te gustaría, detective.

A él sí, pero no a su estómago. Tal vez con un par de cervezas primero pudiera digerirlo.

–¿Qué le has puesto?

–Arroz y frijoles. Y chiles picantes.

–¿En serio? –dijo él, tosiendo–. Pero sabe muy bien.

–Estoy marinando pollo en tequila y lima. Las brasas están listas, así que si quieres, puedes ponerlo en la barbacoa.

–Claro.

–Pero primero dime qué has averiguado.

Mientras se tomaba una cerveza para intentar apagar el fuego de su boca, le contó lo que había visto.

–Por su ropa podía venir de trabajar o de dar

una vuelta, pero podemos ir por la mañana y ver si la encontramos en casa. ¿Puedes arreglar tu horario?

–Ya lo he hecho.

–De acuerdo –dijo, levantando el recipiente de pollo marinado–. Arianna, no esperes milagros. Si aún se acuerda de lo que pasó, me daré por satisfecho. No creo que pueda añadir nada nuevo.

–Lo sé.

Pero él se preguntaba si sus esperanzas serían realistas. Lo único que podía hacer era advertirla.

Cenaron de nuevo en el jardín y fue la mejor comida que Joe recordaba en mucho tiempo. Después del sorbete de lima de postre, se pusieron de nuevo a trabajar.

–¿No te parece extraño que sólo hubiera un testigo? –preguntó Arianna–. La licorería está en el centro de la ciudad y era mediodía, así que es raro que no hubiera nadie más en la tienda.

–Sí, a mí también me ha extrañado. Su compañero estaba comprando sándwiches para comer en otra tienda. Oyó los disparos, pero cuando llegó no pudo ver a los asesinos.

–Nadie más les vio –dijo ella, tamborileando con el bolígrafo sobre la mesa–. Es difícil de creer.

Como los informes oficiales sólo incluían los hechos objetivos, no podían saber cuáles habían sido las hipótesis que se había planteado el padre de Joe, pero seguro que también le pareció raro. Joe buscó en el cuaderno alguna anotación sobre la falta de testigos.

–¿Cómo se llamaba su compañero? –preguntó Arianna.

–Fred Zamora.

–FZ. Z. Creo que he visto esa letra en sus anotaciones, aunque la confundí con un dos? –dijo, buscando entre los papeles.

–Sí. Yo también pensé que era un dos –buscó la lista de códigos que había sacado de las anotaciones y se la enseñó–. Está en estas páginas.

Ella le miró provocativa.

–Me gustan los hombres organizados.

Él quiso besarla, se moría por hacerlo. Su cara de concentración le habían hecho sonreír en más de una ocasión aquella tarde, y al mirarle el escote deseaba poder avanzar en el tiempo hasta que fuera el momento de irse a la cama. Estaba sexy aun sin saberlo.

Miraron las siete páginas en las que aparecía la letra zeta, que iban cronológicamente desde el día del asesinato hasta un mes después, pero Arianna y Joe no consiguieron sacar nada en claro.

–Tenemos que ver a este hombre –dijo ella–. Se lo diré a Sam, pero será más difícil encontrarlo con tan poca información personal.

–Probablemente esté en un lugar importante en el funeral. Volveremos a ver la cinta para ver si podemos encontrarlo. Tal vez tu madre sepa algo de él.

–Lo dudo, pero puedo preguntarle.

–¿No te acuerdas de él?

–Tal vez si le viera, sí, pero ahora estoy demasiado cansada para pensar.

Él podría aguantar una hora más, pero tampoco creía que eso fuera a suponer una gran diferencia. El código parecía indescifrable, y la zeta de Zamora había sido un golpe de suerte.

Tampoco pretendía trabajar en ello todo el día; se suponía que tenía que retomar su vida. Y tenía que ayudar a Arianna a que no le pasara lo mismo que le pasó a él.

–¿Por qué no te das un largo baño relajante? –sugirió él.

–Estoy bien.

–No he dicho lo contrario.
–No tenías que decirlo. Estaba implícito.
–¿Ahora puedes leerme el pensamiento?
Ella se echó a reír.
–Eso sería de gran ayuda.
–No hay nada en mi que pudiera sorprenderte «excepto la cantidad de veces que desearía desnudarte y...»
–Me gustaría... –empezó ella, levantándose–. Me gustaría ver la escena del crimen mañana.
–Habrá cambiado mucho en veinticinco años, pero me parece bien.
Ella sonrió.
–Voy a bañarme.
Él se dio una ducha rápida y la esperó en la cama mientras se bañaba. Cuando oyó el ruido de sus pisadas en el pasillo, sintió que empezaba a excitarse. Un momento después, ella estaba en su cama, cálida y desnuda, besándolo sin parar. La fuerza de su pasión lo pilló por sorpresa hasta que por fin tomó el control, dándole más de lo que pedía, tomando todo lo que ella le daba.
–Necesito... –dijo ella sin aliento después de que hubiera entrado en ella.
Él había estado esperando, deseando, que ella dijera algo que le demostrara que había sentimientos más allá de las sensaciones.
–¿Qué necesitas? –preguntó él, dejando de moverse.
–A ti –susurró ella–. A ti.
–Ya me tienes.
–Completo, te necesito entero.
–¿Qué más quieres?
Esa vez había dejado la luz encendida e intentó buscar la respuesta en su rostro. Tenía el ceño fruncido y las mejillas sonrosadas.
–No lo sé –dijo ella–. Algo.

Él empezó a moverse de nuevo, lentamente.

–¿Esto?

Ella le tomó la cara entre las manos y lo miró. Entonces asintió.

Él supo que ella había querido decir algo más, pero decidió no presionarla en ese momento, tan sólo darle placer, y obtenerlo.

Más tarde, bien entrada la noche y tras haberla calmado de otra pesadilla, lamentó no haberla preguntado, pero ya habría otras ocasiones. Después se quedó dormido.

En ARC, Arianna era conocida por sus dotes como entrevistadora. Entendía e interpretaba el lenguaje corporal de un forma increíble y Sam y Nate siempre la llevaban a las entrevistas por su extraordinaria habilidad para descifrar hasta los gestos más inocentes.

Pero aquel día, se sentía una novata. Cuando Joe aparcó frente a la casa de Mary Beth Horvath sintió que le daba un vuelco el estómago. Le alegraba tenerle cerca por si le fallaban las fuerzas, aunque tampoco le gustaba la idea de que la viera así.

Le agradeció que no intentara protegerla, como harían muchos hombres, intentando evitar hacerle pasar por ese trago. Para ella, era su trabajo, y le gustaba que él asumiese que iba a cumplir con su parte desde el principio. Confiaba en ella.

La mujer que salió a abrirles la puerta era la misma a la que Joe había descrito el día anterior.

–¿Señora Horvath? –preguntó Arianna.

–¿Qué? –preguntó ella, impaciente, imaginando que intentarían venderle algo.

–Mi nombre es Arianna Alvarado y éste es el detective Joe Vicente de la policía de Los Ángeles. ¿Tiene unos minutos para atendernos?

Joe le mostró su placa, pero Arianna, que no quería identificarse como investigadora privada, prefirió no mostrar ninguna identificación.

–Yo... –dijo Mary Beth, sorprendida–. ¿Alvarado?

–Mateo Alvarado era mi padre.

Mary Beth se puso pálida.

–Y el detective Mike Vicente es el mío –añadió Joe–. ¿Podemos pasar?

Tras lo que les pareció una eternidad, ella les dejó pasar y después les guió a través de una casa decorada en estilo francés rústico, con gusto y no demasiado formal.

Mary Beth les señaló el sofá y se sentó en una silla tapizada en tela azul.

–¿Estamos solos? –preguntó Joe.

–Sí. Mis hijos están en clase y mi marido en el trabajo –ella cerró los ojos un segundo–. Creía que ya se había cerrado ese capítulo de mi vida –dijo–, pero supongo que no será así hasta mi muerte.

–Siento hacerle revivir todo esto de nuevo, señora Horvath –dijo Arianna–, pero estoy intentando averiguar qué le pasó a mi padre.

–¿Qué puedo decir que no dijera entonces?

–No lo sé. Por eso estamos aquí.

–De acuerdo –repuso ella, recostándose en la silla, resignada.

–Lo único que sé es que entró a su tienda a por un paquete de tabaco durante su descanso y se vio en medio de un tiroteo en el que murió. Y usted fue la única testigo.

–Entonces debe saber también que yo fui herida de gravedad y que estuve a punto de morir. No puedo recordar mucho más de lo que pasó después de que su padre entrara en la tienda.

–A por tabaco, ¿verdad? –preguntó Joe.

–Y una bebida. Fue a la nevera a por ella. Había dos hombres, pero no los había visto hasta que no oí el primer disparo y no sé quién disparó primero. No les vi las caras. Después de eso, todo está borroso. Más disparos, pero no sé quién los hizo y cuántos hubo. Me hirieron y recuerdo que caí sobre unas botellas detrás del mostrador. Después, me desperté en el hospital con tres heridas de bala y me dijeron que me habían operado durante nueve horas.

–Lo lamento –dijo Arianna.

–¿Estaba la licorería en su zona de patrulla? –preguntó Joe.

–Eso imagino –dijo ella; quitó una pelusa de la silla, y les miró, inexpresiva.

«Algo no está claro», pensó Arianna. O recordaba algo más o estaba mintiendo.

–¿Volvió a trabajar allí? –preguntó Joe.

–Claro que no.

–¿Le enfadó que no se juzgara a los culpables?

–No, no tenía motivos. Ese bastardo tuvo lo que se merecía.

A Arianna se le hizo un nudo en la garganta. No miró a Joe, pero pudo adivinar cuál sería su reacción ante la noticia.

–¿Lo que se merecía? –preguntó Arianna.

–Sí. Mató a un policía y me disparó. Merecía morir.

–¿Puede decirnos lo que sabe de eso?

La mujer cruzó las piernas y balanceó un pie.

–¿No han leído nada sobre ello?

El lado duro de la mujer había salido por fin. Arianna se preguntó cuánto tenía que haber cambiado para encajar en el mundo en el que vivía entonces.

–Me gustaría oír lo que usted sabe –dijo Joe.

–No demasiado. Sé que lo encontraron y que murió de un tiro de bala.

–¿Lo encontraron?

–Los policías.

–¿Los policías lo dispararon?

–No sé quién lo mató, y tampoco sé cómo se llamaba. Sólo sé que bailé de alegría cuando me enteré de su muerte y eso es todo –ella miró ansiosa a la puerta principal–. A veces mis hijos vienen a comer, y no me gustaría tener que explicarles quiénes son ustedes.

A Arianna tampoco le gustaría, puesto que sabía que uno de los chicos podía identificar a Joe. Tenían que salir de allí e intentar buscarle un sentido a lo que habían escuchado. Le dio a la mujer una tarjeta con su número de móvil y le pidió que la llamara si recordaba algo más.

–Claro –dijo, guardándose la tarjeta en el bolsillo sin mirarla. En la puerta detuvo a Arianna un segundo–. Siento lo de su padre. Era un hombre muy amable y usted era sólo una niña. Lo siento por la parte que me toca.

–Gracias –dijo Arianna, agradeciendo su amabilidad.

–¿Recuerda a mi padre? –preguntó Joe.

Ella asintió.

–Se parecía mucho a usted. Él también era una buena persona.

–Gracias por su tiempo –dijo Arianna.

Joe y ella montaron en el coche y no pronunciaron palabra hasta que Joe se detuvo en el aparcamiento de una tienda.

–El caso está resuelto –dijo ella, sintiendo que el dolor y la ira le oprimían la garganta –. Me mintieron, incluso mi madre. El caso está resuelto. ¿Por qué no me lo dijeron? ¿Qué pasó? ¿Qué hay en ese expediente para que nadie me lo deje ver? –Joe tenía la mirada fija en el parabrisas y la dejaba continuar, sorprendida por las últimas palabras de la señora Horvath–. Hay algo raro en la señora

Horvath. ¿A qué se refería con lo de «por la parte que me toca»?

Un minuto después, él la miró

–Estoy de acuerdo en que algo no encaja. Hay algo más en la historia. Tal vez haya algo más relacionado con tu padre, pero con el mío también.

–¿Como qué? –preguntó ella, aunque ya sabía la respuesta. No quería ser la primera en decirlo.

–Creo que mi padre pudo verse implicado en un encubrimiento.

Capítulo Doce

Joe no podía acabar de creérselo. Su padre había sido un modelo de integridad para él.

–No saques conclusiones –dijo Arianna.

–Tienes razón –repuso él, soltando el volante y reclinándose en el asiento–. Tengo que enterarme de a quién perteneció la pistola que hay en la caja fuerte de mi padre –la miró y vio que el color había vuelto a su rostro–. No sé qué decir. No creía que esta entrevista fuese a aportar nada nuevo.

Ella asintió. Él le pasó la mano por el pelo, por el cuello, más para tranquilizarse él que para tranquilizarla a ella.

–Hay muchas mentiras, Joe.

–Tiene que haber una razón.

–Quiero que vayamos a la escena del crimen, Joe –dijo ella–. Y después, a ver a mi madre.

–De acuerdo –convino él arrancando el coche.

Ninguno de los dos dijo nada hasta que llegaron a la dirección donde se había producido el asesinato; ya no era una licorería, sino un videoclub. La tienda en la que Fred Zamora estaba comprando los sándwiches cuando se produjo el tiroteo, ahora vendía teléfonos móviles.

–Es inconcebible que Zamora no viera a los asesinos –dijo él, calculando mentalmente la distancia entre los dos locales.

–La dependienta de la tienda corroboró la declaración de Zamora.

–Pero seguro que él pudo salir con más rapidez de la tienda.

–¿Quieres decir que salió, identificó a los asesinos, pero no dijo nada?

–Puede ser. Si ésta era su zona de patrulla, tal vez los conociera. Tal vez decidiera no contarlo y ocuparse de ello por su cuenta.

–¿Para vengarse por el asesinato de mi padre?

–Es posible, pero sólo estoy pensando en voz alta.

–¿Crees que mi madre puede saber algo?

–Supongo que sabrá que el caso fue resuelto. Si sabe algo más, sólo ella puede decirlo.

Arianna asintió.

–Vamos allá.

Joe admiró su habilidad para concentrarse y dejar sus emociones a un lado, pero se preguntó cómo se lo tomaría cuando tuviera que enfrentarse con las emociones.

A Joe no le impresionaban las grandes mansiones de Hollywood. Había estado en un montón de ellas a lo largo de su carrera y sabía que el dinero no les daba la felicidad a sus ocupantes, aunque sí compraba mejores abogados.

La casa de Paloma y Esteban Clemente le interesaba porque Arianna había crecido allí, en aquella inmensa casa con suelos de mosaico, muebles enormes y verjas de hierro forjado. La casa era fresca y elegante, aromatizada por grandes jarrones de flores frescas.

La miró mientras esperaban en la sala a que fuera su madre. No la conocía desde hacía mucho, pero sabía que estaba preparando una lista mental de preguntas. Siempre profesional.

Paloma no acudió sola, sino que llegó acompañada de su marido. Parecían el rey y la reina del castillo. Arianna hizo las presentaciones. Nadie sonrió.

–No pareces sorprendida de verme, mamá –dijo Arianna.

–No sabía cuándo, pero sabía que vendrías –miró a Joe–. Han llamado del departamento de policía para decir que pidió ver el expediente de Mateo.

–Entonces también le dirían que no me permitieron acceder a él –dijo Joe.

–Sabía que si se parecía en algo a su padre, conseguiría la información de algún modo.

–Sí. De los archivos personales de mi padre.

–Ah. Entonces lo sabe todo.

Arianna tomó la palabra.

–Venimos de ver a Mary Beth Maxwell. Ahora se apellida Horvath.

Los ojos de Paloma brillaron como lo hacían los de Arianna a veces. Era la emoción. Esteban le tomó la mano a su esposa.

–¿Habló contigo? –preguntó Paloma.

–Creo que se dio cuenta de que no nos marcharíamos si no nos daba algunas respuestas. Y alguna sí nos dio. Incluso se disculpó por lo que le tocaba.

–Siento que te hayas enterado, hija.

–¿Por qué? –exigió saber Arianna, poniéndose rígida.

–Tu madre intentaba protegerte –dijo Esteban–. Todo el mundo en el departamento intentaba protegerte.

–¿Por qué iban a querer protegerme de que supiera que el asesino de mi padre está muerto?

El silencio se hizo entre ellos. Joe notó cómo su corazón latía cada vez con más fuerza. Aquello era aún peor.

–Has dicho que Mary Beth te contó todo –dijo Esteban.

–No, eso lo ha dicho mamá. ¿A qué te refieres con todo, mamá?

–Hija –dijo Paloma mordiéndose el labio inferior.

–Díselo, *Dove* –pidió Esteban a su mujer–. Ha sido un secreto durante demasiado tiempo.

Joe no dejaba de mirar a Arianna.

–Arianna, tu padre y Mary Beth Maxwell tenían una aventura cuando él murió.

–¡No! –gritó Arianna, saltando de su asiento.

Paloma se levantó también, más lentamente y extendiendo las manos hacia su hija.

–Sí, y lo siento mucho, hija mía. Nadie quería que tú lo supieras. Lo adorabas. Querías ser policía cuando crecieras y no queríamos que nada empañase su recuerdo en tu memoria.

–No es cierto.

–Sí lo es.

Arianna se cruzó de brazos.

–¿Por qué me dijisteis que el caso se había cerrado sin ser resuelto? ¿Por qué no confesarme que el asesino murió?

–Si el caso quedaba sin resolver, nadie tendría acceso al expediente, excepto las personas con autorización. Pensamos que con el tiempo, todo el mundo lo olvidaría y el departamento cerró filas en torno a mí, y a ti. Para mantener oculto el secreto de tu padre para ti.

–¿Participó mi padre en la conspiración? –preguntó Joe.

–Por supuesto. De hecho, fue idea suya.

Joe intentó pensar por qué habría ideado eso su padre. Tal vez...

–¿Quién mató al asesino?

–No puedo decirle nada de él.

–¿No sabe nada de él? –preguntó Joe, intentando aclarar la ambigüedad.

–Nada. Sólo que lo encontraron tiroteado. Ojo por ojo.

–¿Alguien se lo dijo? –insistió Joe.

–No. Tal vez. No lo recuerdo.

Joe deseaba abrazar a Arianna, que estaba tan rígida que parecía a punto de romperse.

Paloma continuó hablando.

–Mateo y yo teníamos problemas, pero seguía siendo mi marido y el padre de Arianna. ¿Que si quería que lo vengaran? Sí, desde luego –después se volvió hacia Arianna–. Hija, siéntate y hablemos.

–No. Es demasiado tarde. Vámonos –dijo mientras pasaba delante de Joe.

Él la siguió sin despedirse. Ella se metió en el coche y cerró la puerta antes de que él llegara. Joe subió al coche, metió la llave en el contacto y la miró.

–Arranca el coche y vámonos de aquí –dijo ella con los labios apretados y la mirada sombría.

Así que la llevó a casa, a la de él, preparado para discutir si ella decía algo acerca de volver a su apartamento. No debía estar sola en aquellos momentos, ni él tampoco. Lo que habían descubierto acerca de sus padres en unas horas era como para dejarlos en estado de shock toda la vida. Y estaba claro que aún no lo sabían todo.

Arianna se dio cuenta de que Joe sabía cuándo hablar y cuándo callar, y eso le gustó. Cuando llegaron a su casa, intentó distraerse llamando a Sam para saber si había encontrado ya a Fred Zamora, pero no había habido suerte. Después llamó a su asistente para avisar de que no volvería a la oficina aquella tarde. No estaba de humor.

Se dejó caer en el sofá y Joe se unió a ella poco después, tras pasarle una botella de agua.

–¿Es demasiado pronto para tomar una cerveza? –preguntó ella.

–Como quieras.

Pero abrió el tapón y tomó un trago de agua.

–No, no quiero ahogar mis penas en alcohol.

–¿Y qué haces entonces?

–Yoga, o un combate con mi instructor de tae kwon do, o ir a correr. Actividad física.

La mayoría de los hombres que conocía Arianna, hubieran añadido un comentario relacionado con el sexo, pero Joe no lo hizo. Desde luego, era diferente a los demás. Tranquilo, pero con opinión propia, decidido, pero sin obligar a nada. También sabía cómo trabajar en equipo: compartir información, cuándo tomar las riendas, y no era egocéntrico en absoluto. Algo poco habitual.

–Mis padres se peleaban –dijo ella, iniciando la conversación–. Creo que empezó poco antes de la muerte de mi padre. Intentaba que yo no me enterara, pero a veces me despertaba por la noche y les oía. Mi madre le dijo que se marchase una vez. No pudo ser mucho antes de que lo disparasen, porque me acuerdo perfectamente –se interrumpió para tomar un trago de agua–. ¿Y los tuyos?

–A veces se enfadaban, pero no recuerdo peleas –dijo Joe–. La época de la que te hablé, cuando mi padre estaba tan irritable, se enfadaban más a menudo. Pero nunca les oí gritarse. Una vez le dije a mi madre que tenían que haberse peleado delante de mí. Era como vivir en Disneylandia, y cuando Jane y yo tuvimos nuestra primera pelea, pensé que sería el fin de la relación.

–¿Qué te respondió tu madre?

–Que no lo hacían a propósito, que apenas podía recordar un puñado de cosas en las que no estaban de acuerdo. Habían aprendido lo que era importante para el otro y a valorarlo en su justa medida, así que uno siempre cedía por el otro.

–Eso es amistad, a la vez que amor.

–Eso es lo que dijo mi madre. Yo no tuve eso con Jane. No me di cuenta hasta mucho después y ahora me alegro de que las cosas acabaran como lo hicieron.

–No puedo creerme que mi padre tuviera una aventura –por fin lo había dicho.

–Y yo no puedo creerme que mi padre se viera envuelto en un encubrimiento –se sentó a su lado y le tomó una mano–. Pero tú querías mucho a tu padre y querías ser policía –ella asintió–. Mi padre también era un héroe para mí y me duele que hiciera eso.

–De eso no estamos seguros –repuso Arianna, al notar el dolor en su voz–. Lo único que sabemos es que procuran que el expediente no caiga en mis manos, y no es lo mismo.

–Es cierto. ¿Tiene Sam alguna pista sobre Fred Zamora?

–No, pero lo encontrará, Joe –se quedaron en silencio unos minutos hasta que por fin ella se levantó–. Vamos a repasar las notas una vez más, tal vez veamos algo nuevo.

Aquella noche, cuando se fueron a la cama, ella lo buscó. Él la envolvió con sus brazos, la besó en la cabeza y no la soltó. Ella se quedó dormida escuchando los rítmicos latidos de su corazón, sabiendo que por la mañana seguirían allí, fuertes y constantes.

Capítulo Trece

Arianna llegó a la oficina muy temprano a la mañana siguiente. Sólo el coche de Sam estaba allí, así que decidió ir primero a su oficina para preguntarle si tenía alguna información para ella.

–Estás preciosa –dijo él cuando la vio.

–Eres el hombre perfecto para levantarle el ánimo a una chica –repuso ella, sentándose al otro lado de su escritorio–. Tú, sin embargo, no tienes tan buen aspecto.

–Echo de menos a mi mujer, pero dentro de un par de horas subiré a un avión rumbo a Washington –dijo, y se recostó sobre el sillón–. ¿Qué ocurre?

Ella le resumió lo que había ocurrido el día anterior y él dejó escapar un largo silbido.

–Un día duro para los dos. Supongo que no dormirías mucho.

–Pues la verdad es que he dormido muy bien –cada vez que se despertó, se vio entre los brazos de Joe. No tuvo pesadillas, tal vez porque supiera que el asesino de su padre estaba muerto. Pero aún había otras preguntas sin respuestas y tenía que encontrarlas antes de plantearse todo lo que había averiguado el día anterior.

–¿Te has ido a vivir con Vicente? –preguntó Sam.

–Sólo hasta que encontremos lo que estamos buscando.

–¿Estás bien, Ar?

Ella se dio cuenta de que podía sonreír.

–Él... es diferente.

–No te sigue como un corderito.

Por un momento pensó que debía ofenderse, pero era verdad. Le gustaban los hombres fuertes, pero no salía con ellos porque no le agradaba la lucha que siempre se producía por el control.

–Veo que tienes un buen concepto de mí.

Él se echó a reír. Después le pasó una hoja de papel.

–Ésta es la dirección de Fred Zamora. Se retiró hace unos años.

–¿Vive en San Francisco?

–Sí. Tiene una hija y nietos allí. ¿Irás a verlo?

–Por supuesto.

–¿Quieres ver a Doc mientras estás allí?

–Claro. ¿Está interesado en trabajar para nosotros?

Sam se encogió de hombros.

–Yo no diría tanto, pero me dijo que lo discutiría. Éste es su número.

–¿Aún no sabemos su nombre?

–No, y no creo que lo sepamos hasta que lo contratemos.

–La verdad es que no creo que acepte y que reniegue de su independencia, pero lo intentaremos –dijo ella, levantándose–. Saluda a la senadora de mi parte.

–Lo haré, si encontramos un rato para hablar.

Ella sonrió mientras se dirigía a su despacho. Cuando Nate se había enamorado, el año anterior, había cambiado un poco, lo había asentado hasta un punto que Arianna nunca imaginó. Pero cuando Sam se enamoró, el cambio fue abrumador. Arianna lo conocía bien y tal vez apreció más la diferencia, pero era evidente que ahora se reía más, salía más, y le alegraba verlo así.

En cuanto llegó a su despacho, llamó a Joe.

–Tengo la dirección de Fred Zamora, vive en San Francisco. ¿Quieres que vayamos mañana?

–Perfecto, pero tal vez tuviéramos que llamar antes para asegurarnos de que está en casa.

Pero ella quería pillarle con la guardia baja, igual que a Mary Beth.

–Ya veré qué hago. Reservaré los billetes para mañana temprano. ¿Prefieres ventanilla o pasillo?

–Pasillo.

–Detective, tenemos un problema.

–Qué sorpresa, tú también quieres pasillo, ¿verdad?

Ella notó en su voz que estaba sonriendo y deseó estar junto a él, besándolo. No había querido besarlo por la mañana para que no pareciera que tenían una relación más cercana de la que tenían y para que él no esperara nada de ella.

–Pues sí, también quiero pasillo.

–Nos turnaremos.

–Un caballero le cedería su sitio a una dama –dijo ella sonriendo.

–¿Qué es lo que quieres decir con eso?

–Tal vez reserve dos asientos de pasillo –dijo, dibujando sobre una hoja.

–Como quieras. Por cierto, esta noche vamos al cine.

–¿Sí? ¿Por qué?

–Porque llevamos demasiado tiempo encerrados en casa. No es que me haya importado estar encerrado contigo, pero hay más cosas en la vida aparte del trabajo.

–¿Lo haces por mi bien?

–Y por el mío.

–De acuerdo.

–¿Quieres saber qué vamos a ver?

–Sorpréndeme.

–Luego te recordaré lo que acabas de decir.

Cuando colgó, Arianna miró la hoja en la que había estado dibujando. Un gran corazón con una flecha clavada y las iniciales A. A. y J. V. Inmediatamente metió la hoja en la trituradora de papel con el corazón a cien. Y era que él iba a llevarla a una cita. Una verdadera cita, como en el instituto, y por eso había dibujado el corazón: una vuelta momentánea a la adolescencia.

«Se acabó», se dijo a sí misma, mirando su reloj. Decidió esperar un poco más para llamar a Doc.

El problema era que, por primera vez desde que trabajaba en ARC, no tenía ganas de trabajar. Miró la montaña de trabajo acumulado en forma de papeles en su mesa, y lo ignoró para buscar información sobre el mal de alzheimer en Internet.

Un rato después, llamó a Doc.

–Buenos días. Soy Arianna Alvarado, de ARC Seguridad & Investigaciones –saludó ella.

–Buenas.

–Sam me ha dicho que tal vez esté interesado en unirse a nuestra empresa.

–Tal vez.

–Sí, eso dijo él. Mañana iré a San Francisco, y si tiene tiempo, podríamos vernos.

–Haré un hueco.

–Bien. También tengo un trabajo para usted, si está interesado.

Le explicó que necesitaba saber si Fred Zamora estaba en casa entonces, y al día siguiente por la mañana, para que Joe no considerase que habían hecho el viaje en balde.

–¿Quiere pagarme lo que cobro por un trabajo de vigilancia que cualquier chaval podría hacer?

–Exacto.

–Es su dinero.

–¿Lo hará?

–Claro. ¿A qué hora sale su vuelo?

–A las ocho y media.

–Deme su número de móvil. La llamaré con tiempo para que anule la reserva si no está en casa. Si está en casa, ¿quiere que me quede allí hasta que llegue usted? ¿Lo sigo si se marcha?

–Exacto. ¿Podemos reunirnos por la tarde?

–Ya tiene mi número.

Cuando colgó, fue al despacho de Sam, que estaba llenando su maletín.

–¿Estás seguro de que debemos insistir con Doc?

–Sí, ¿por qué?

–Las dotes de comunicación son muy importantes en nuestro trabajo, y Doc... es brusco.

–No me había dado cuenta. Tal vez no le guste tener a una mujer como jefa –dijo, sonriendo.

–Entonces no lo queremos.

–Dale una oportunidad, Ar. Tal vez lo hayas despertado o algo así.

–De acuerdo –dijo, encaminándose hacia la puerta –. Por cierto, ¿qué aspecto tiene?

–Tiene nuestra edad, es como yo de alto, pelo oscuro, tiene aspecto de haber ganado un par de peleas en su vida –cerró un cajón de su mesa y dijo–: Me largo de aquí. Volveré en el último vuelo del domingo. Te veo el lunes.

Arianna volvió a su despacho. No le envidiaba su matrimonio a distancia, pero al menos tenía a alguien que le esperaba, aunque sólo estuvieran juntos los fines de semana.

Entonces se detuvo. ¿Alguien que le esperara? ¿Desde cuándo envidiaba ella esas cosas?

–¿Hija?

Arianna se sintió orgullosa de sí misma al no dar un respingo cuando oyó la voz de su madre.

–Aún no estoy lista para hablar contigo –contestó Arianna, cruzándose de brazos.

–Soy tu madre y me escucharás.

Paloma entró en el despacho y se sentó en el sofá, pero Arianna se quedó donde estaba.

–Siento haberte hecho daño –empezó Paloma–. Es justo lo que he intentado evitarte durante todos estos años. Debes creerme.

–Te creo, pero ya no soy una niña. Tenías que habérmelo dicho. La semana pasada, por ejemplo, cuando te dije que iba a investigar por mi cuenta. Podías haberme ahorrado muchos problemas.

–Quería mantener tu amor por tu padre. A pesar de lo que pasara entre nosotros, fue un buen padre y un buen policía, y es importante para mí que lo recuerdes de ese modo.

–No era lo que parecía ser.

–Lo que pasara entre nosotros no tiene nada que ver. Pasaron muchas cosas...

–¡No! –dijo Arianna–. No lo quiero saber. Tu matrimonio es un asunto privado y no quiero seguir hablando de esto.

–Hay una cosa más que debes saber –dijo Paloma–. Mike Vicente estaba enamorado de mí.

Si la hubieran golpeado con un martillo en el cráneo, el impacto no hubiera sido mayor.

–No me lo creo –dijo Arianna, helada.

–No estoy presumiendo. De hecho, estoy avergonzada de ello, pero Esteban me convenció para que te dijera toda la verdad.

–No lo creo –Arianna pensó en lo que Joe le había contado sobre la relación de sus padres.

–No estoy diciendo que hizo lo que hizo por sus sentimientos hacia mí. No fue así y, viéndolo ahora, entiendo que se sintiera atraído hacia mí. Los hombres fuertes se sienten atraídos por mujeres indefensas. Él quería ocuparse de nosotras.

–¿Y qué hiciste tú?

–Utilizar ese amor, o esa sensación para obtener lo que quería.

–Que el caso se declarara sin resolver para que nadie supiera que había tenido una aventura.

–Sí, y volvería a hacerlo.

–¿Cómo acabaste con el señor Vicente?

–Con dulzura. ¿Se lo dirás a su hijo?

–No veo por qué no. Un disgusto más tampoco es tanto.

Paloma cerró los ojos un instante.

–Somos humanos, hija. Fue una época horrible de mi vida. No estoy orgullosa de cómo llevé el asunto de tu padre ni de haberle prometido a Mike algo que no llegaría. Cometí muchos errores, pero he tratado de enmendarlos. Todo el mundo merece una segunda oportunidad.

Tal vez, pensó Arianna, más adelante.

–No puedo seguir hablando contigo, mamá.

Su madre se levantó y le puso las manos sobre los hombros.

–Te quiero, hija.

–Yo también te quiero, mamá. Pero ahora necesito poner en orden mis sentimientos.

–De acuerdo –Paloma salió de la habitación, pero su perfume permaneció tras ella.

Arianna no podía soportar quedarse allí. Joe. Necesitaba verlo. Tenía que decírselo. ¿Qué más descubrirían? Tal vez Fred Zamora les hiciera nuevas revelaciones.

Recogió su bolso y se dirigió a la puerta, pasando primero por el despacho de Nate.

–Hola –dijo desde la puerta.

Él levantó la mirada e hizo amago de decir algo, pero en su lugar se levantó, fue hasta la puerta, y la hizo pasar. Después cerró la puerta. Con las manos sobre los hombros de ella, le preguntó.

–¿Qué ocurre, Ar?

–Es demasiado largo para empezar a explicártelo ahora. Sólo quería decirte que me tomo el día libre y que si puedes ocuparte tú de las llamadas.

–Claro –dijo–. No te había visto con esa expresión, desde el día que pensé que íbamos a morir.

–No me había sentido tan mal desde entonces –se sentía vacía y asustada.

–¿Vicente te está haciendo pasarlo mal?

–No. De hecho, soy yo la que le va a hacer pasarlo mal, y lo odio –tomó una bocanada de aire–. Ya nos veremos.

–Estaré por aquí todo el fin de semana, por si me necesitas.

–De acuerdo. Gracias.

Arianna bajó todas las ventanillas del coche en cuanto entró en él, para dejar que el aire frío de la mañana le aclarara la mente. Poco después, pasó frente a la casa donde vivía el padre de Joe. Al ver el coche de Joe aparcado allí, decidió detenerse. Casi a ciegas, caminó hasta la puerta y llamó. Una mujer de mirada amable salió a abrir.

–Hola –dijo Arianna–. Quería ver al señor Vicente. He visto el coche de Joe en la puerta... ¿podría decirle que Arianna está aquí?

–¿Sabe dónde está su habitación? Se lo puede decir usted misma...

–Sí. ¿Está segura? –dijo ella, preocupada por sorprenderlos.

–Claro, al señor Vicente le encantan las visitas.

Arianna cruzó el pasillo casi de puntillas. La puerta de la habitación de Mike estaba entreabierta y oía la voz de Joe a través de ella.

–Me iré sólo un día, papá. Te traeré algo rico para comer.

Arianna sonrió.

–Me llevaste a San Francisco cuando tenía dieciséis años para ver la final entre los Dodgers y los

Giants. Nunca lo olvidaré. Los Dodgers ganaron el partido en el último minuto.

Arianna cruzó el umbral y vio que Joe le estaba masajeando los pies a su padre. La ternura del momento le llegó muy adentro. ¿Cómo podía decirle que su padre había estado enamorado de otra mujer? ¿Cómo iba a hacerlo? Se dio cuenta de que no podría. Tampoco ganaría nada sabiéndolo, nada más que un dolor innecesario, y ya tenía él bastante de eso.

Chief la vio y empezó a menear la cola a modo de saludo.

–Ya estás aquí –dijo Mike.

Joe se giró. Sus ojos se iluminaron.

«No me mires así», pensó ella... «Mírame así siempre», decía su corazón.

Su corazón por fin se calmó. Sonrió y entró en la habitación.

–Sí, aquí estoy.

Capítulo Catorce

Joe buscó una plaza de aparcamiento mientras Arianna llamaba a Doc para saber dónde tenían que dirigirse. El vuelo había transcurrido sin incidentes y ella había ocupado el asiento de la ventanilla sin más problemas, lo que preocupó a Joe ligeramente. Le hubiera cedido el asiento después de haber bromeado con ella un rato.

–Soy Arianna –la oyó decir por teléfono–. Estamos en el barrio de Zamora. Un Taurus azul. ¿Nos ve?... Bien. ¿Está aún en casa?... Perfecto. ¿Qué?... De acuerdo. Gracias. Le llamaré cuando haya acabado con este asunto.

–Suspiró.

–Podemos ocupar el sitio que deja él – dijo Arianna, señalando un coche gris que se marchaba.

Había estado muy callada después de haber ido a buscarlo a la casa de su padre. Incluso la película, un western, no había hecho surgir ninguna discusión. Le preguntó si pasaba algo, pero ella sólo se encogió de hombros. Ella aún no se había recuperado de lo que habían descubierto, y por la noche le hizo el amor con una desesperación que resultó casi angustiosa.

Ella lo sorprendía a cada instante, lo fascinaba. Incluso cuando intentaba interponer una barrera entre los dos, como cuando no lo besaba al despedirse o al llegar, lo intrigaba. Era una mujer complicada. Dulce y dura al mismo tiempo.

–Me pregunto qué sorpresa nos llevaremos esta vez –dijo ella, abriendo la puerta del coche.

–Esperemos que las respuestas a las preguntas que nos quedan.

–Ten cuidado con lo que deseas –dijo ella mientras salía del coche.

Fred Zamora vivía en la primera planta de un antiguo bloque de apartamentos, en un viejo barrio de San Francisco, a media manzana de su hija y de su familia. El barrio estaba muy animado porque era sábado por la mañana de un precioso día de otoño.

Joe había notado que Arianna estaba tensa, pero también lo estaba él.

Ella llamó al timbre y unos segundos más tarde un hombre de unos sesenta años salió a abrirles.

–¿Señor Zamora? –dijo Arianna.

–Sí.

–Soy Arianna Alvarado.

Él se aferró a la puerta, pero logró recomponer su expresión rápidamente.

–¿Le han dicho alguna vez que se parece mucho a su madre?

–Algunas veces. Éste es Joe Vicente.

–¿El hijo de Mike?

Joe asintió a la vez que le estrechaba la mano.

–Me preguntaba cuándo vendría –dijo Fred a Arianna–. Me dijeron que era investigadora privada, y de las buenas. Imaginé que un día vendría a hacerme algunas preguntas. Pasen.

El apartamento no tenía nada de especial. Según la información que les había dado Sam, Fred estaba divorciado, por segunda vez, desde hacía bastante tiempo, y en la casa se notaba la falta de un toque femenino. Joe se preguntó a qué se dedicaría: ¿trabajaba? ¿pasaba el rato en un bar?

Se sentaron y Fred tomó la palabra.

–¿Cómo está tu madre? –le preguntó a Arianna.

–Muy bien, gracias.

–No hizo mal casándose con ese productor de Hollywood, según creo.

Arianna no respondió. Joe creyó notar un resentimiento en la voz del anciano que no entendió.

–Me gustaría hablar acerca de mi padre –dijo ella.

–Fue disparado.

–¿Podría contarme lo que ocurrió ese día?

Él se cruzó de brazos.

–Nos detuvimos a comer. Yo fui a por unos sándwiches y él fue a por tabaco y bebidas. Oí disparos. Saqué la cabeza por la puerta de la tienda, pero no vi a nadie.

–¿No había nadie en la calle? –preguntó Joe. Le seguía sorprendiendo que no hubiera coches ni gente en la calle a esa hora.

–Había unos cuantos coches –dijo Fred, encogiéndose de hombros–. No estaba seguro de qué dirección procedían los disparos, pero Mateo no salió de la licorería. Aquello no era normal, así que fui hacia allí y lo encontré muerto, y a la dependienta herida.

–¿Era su zona de patrulla? –preguntó Joe.

Fred los miró a los dos, dubitativo.

–Ya sé que mi padre tenía una aventura con la dependienta –dijo Arianna.

Él dejó escapar un suspiro de alivio.

–La tienda estaba fuera de nuestra zona, pero no estábamos rompiendo ninguna norma, porque podíamos salir de nuestra zona si estábamos fuera de servicio. Era nuestro descanso.

–¿Iban allí muy a menudo? –preguntó Arianna.

–Sí.

–¿Cuánto tiempo?

–Unos diez o quince minutos.

–Quiero decir, que cuánto tiempo llevaba mi padre con esa mujer.

–Oh, no lo recuerdo. Unas cuantas semanas.

–¿Usted lo aprobaba? –preguntó Joe.

–No, por Dios. Mi primera mujer se divorció de mí porque la engañé. No paraba de decirle que no merecía la pena. Pero era mi compañero.

Joe le comprendió. Los compañeros se cubrían y se defendían el uno al otro. Hasta mentían.

–¿Qué hizo cuando llegó a la escena del crimen? –preguntó Joe.

–Sabía que no podía ayudar a Mateo, así que intenté ayudar a que la mujer no se desangrara hasta que llegaron los servicios médicos. Muchos coches patrulla acudieron enseguida y peinaron el barrio, pero no encontraron a nadie. Nadie sabía nada del tiroteo ni de los posibles asesinos.

Estaba demasiado tranquilo, pensó Joe. Tenía que haber estado en estado de shock por lo que le había pasado a Mateo. Era como si para él fuera una víctima más, y no era así.

–O sabían algo pero no lo querían decir –apuntó Joe.

–Eso mismo pensé yo. Pero esta vez el asesinado era un policía. Normalmente podíamos conseguir que alguno hablara, pero no esta vez.

–El arma reglamentaria de mi padre no apareció.

–Me di cuenta de eso enseguida. Supuse que los asesinos se la habrían llevado.

–¿Por qué iban a entretenerse en hacer eso?

–Un arma gratis, y mejor que las que ellos usaban.

–Lo lógico es pensar que querrían salir de allí cuanto antes.

–Es tan sólo una especulación. ¿Qué más pudo pasar?

–Que fuera usted quien la hizo desaparecer.

Él tardó en reaccionar.

–¿Por qué iba a hacer yo eso?

–Buena pregunta.

Arianna se inclinó hacia él.

–¿Sabe lo que ha aparecido en casa del padre de Joe?

Joe no reaccionó ante su mentira. Si podía sacar más información a Zamora con una mentira, puesto que no sabían a quién pertenecía el arma de la caja fuerte, Joe no iba a protestar.

–Esa pregunta es Mike quien debe contestarla –dijo Fred mirando a Joe.

–Mi padre tiene alzheimer.

–Oh, es verdad. Algo había oído. Lo siento mucho –se sentó un poco más erguido–. ¿Por qué siguen insistiendo? El tío que mató a su padre está muerto. Se hizo justicia. ¿Qué más quiere?

–Hasta ayer no supe que se había hecho justicia –dijo Arianna–. Y necesito saber los detalles.

–El caso se abrió y se cerró. Ya sabe todos los detalles.

–No. Si hubiera sido así de simple, ya me lo hubieran dicho.

Joe no había pensado en ello, pero tenía razón. ¿Qué faltaba entonces?

–Mi teoría –dijo Fred–, es que uno de los asaltantes se peleó con él y le mató con su propia arma.

–¿Y cómo acabó en casa de Mike Vicente?

–¿Está segura de que es el arma de Mateo?

–Sí.

Joe la miró, serena a pesar de estar mintiendo conscientemente. Sabía lo que buscaba. Si Fred sabía que habían borrado el número de serie de la pistola de la caja fuerte, también sabía que no podrían identificarla. De hecho, si Fred mencionaba el número de serie, se estaría implicando directamente. Y también al padre de Joe.

–¿La han identificado con seguridad? –fue todo lo que Fred preguntó.

–Sí –dijo Arianna.

–No tengo respuesta para eso.

–Está mintiendo –respondió Arianna, con la mandíbula apretada–. Lo sabe, pero no lo quiere decir.

–¿Y qué importa eso? No cambia nada en realidad.

–Yo creo que vio al asesino en la escena del crimen –dijo ella–. Creo que lo reconoció y que no se lo dijo a nadie. Creo que se llevó la pistola de mi padre y buscó al asesino por su cuenta para matarlo usted mismo.

–Si lo hubiera disparado yo, hubiera usado una pistola que el departamento no tuviera registrada.

Arianna se levantó.

–Estamos perdiendo el tiempo –dijo, y se dirigió a la puerta.

Joe la siguió.

–Espere –dijo Fred en alto, para detenerla–. Quería a Mateo como a un hermano. Era un buen policía y un buen hombre. Siempre estaba presumiendo de usted. Me salvó el pellejo en un par de ocasiones, pero nada de lo que hagan podrá traerlo de vuelta. Déjenlo correr.

Arianna abrió la puerta con violencia. Joe nunca la había visto tan furiosa.

–Ha sido una pérdida de tiempo –dijo ella cuando estuvieron en el coche.

–No del todo –repuso él.

–¿A qué te refieres?

–Me refiero a que parece que hay una conspiración de algún tipo.

–Una conspiración de silencio –dijo ella cruzándose de brazos.

–Tal vez tenga razón, Arianna. Tal vez debamos

dejarlo –no sabía si quería averiguar la implicación de su padre en aquel asunto.

–Aún no.

–Si averiguaras que Zamora mató al asesino, ¿lo entregarías? –preguntó él.

–No lo sé. Tú eres el policía –dijo ella–. Eres el representante de la lèy.

–Lo que piense yo de este caso no importa. Ningún fiscal de distrito lo aceptaría y ningún policía querría investigarlo. Sobre todo teniendo en cuenta que han pasado veinticinco años desde aquello y que fue el asesinato de un policía.

Ella se calló un momento.

–¿De verdad crees que debo dejar de buscar?

–No te diré lo que tienes que hacer –dijo él, además sabía que no serviría de nada.

–¿Y tú? ¿Estarías satisfecho ignorando cuál fue la posición de tu padre en todo esto?

–Satisfecho no es la palabra. Pero mi padre no nos puede decir nada, y tampoco pueden condenarlo.

Un minuto después, ella sacó su teléfono móvil y marcó.

–Hola, soy Arianna. Hemos acabado. ¿Dónde podemos vernos?

Joe esperó hasta que ella escribió la dirección que le dio Doc, después se inclinó hacia ella y la abrazó. Ella se resistió unos segundos hasta que por fin hundió la cara en su cuello y dejó escapar un largo suspiro.

–Ha sido un mal interrogatorio –dijo ella, relajándose en sus brazos.

–Es un profesional. No le hubieras sacado nada de ningún modo, pero lo hiciste bien.

Ella se apartó. Él le retiró el pelo de la cara, contento de haber ido con ella, aunque sabía que se las hubiera apañado bien sin él. Su honestidad resultaba refrescante, su inteligencia, un imán que lo atraía y su pasión, adictiva. Sabía que no le beneficiaría decirle que dejara la investigación, puesto que suponía que volvería a su apartamento cuando acabaran, pero no podía mantenerla en una ilusión. Por su bien, debía abandonar.

–Vamos a ver a Doc –dijo ella.

–¿Te dejo y luego paso a recogerte?

–Puedes quedarte. Me gustaría conocer tu opinión, si no te importa.

–¿No crees que le molestará?

–Dudo mucho que venga a trabajar con nosotros. Es un lobo solitario, eso está claro, así que no hay ningún problema en que lo conozcas. Será la entrevista de trabajo más informal del mundo.

Él arrancó y empezó a seguir las indicaciones que ella le iba dando.

–Si no crees que sea la persona adecuada para el trabajo, ¿por qué te molestas?

–Porque necesitamos tener a alguien en San Francisco. O, más bien, a tres personas. Doc no sólo es bueno, sino que se traería su cartera de clientes, que son bastante parecidos a los nuestros. Creo que sus tarifas son más elevadas que las nuestras.

–Él no os necesita, pero vosotros a él sí. Eso le coloca en una posición ventajosa.

–Pues sí.

–Esto va a ser divertido –dijo Joe, imaginándose el enfrentamiento entre los dos.

–Puedes anotar los puntos –repuso ella, devolviéndole la sonrisa.

–O hacer de árbitro.

Ella se echó a reír y él consiguió empezar a relajarse por fin.

Arianna esperó un segundo a que sus ojos se acostumbrasen a la tenue luz del precioso restaurante italiano en el que había quedado con Doc. Pronto vio a un hombre solo sentado a una mesa cerca de la cocina, con la espalda contra la pared. Eso le gustaría a Joe. A los policías siempre les gustaba sentarse así, mirando a la sala.

Ella se dirigió hacia la mesa sintiendo la presencia de Joe tras ella.

–¿Doc? –preguntó.

Él se levantó, se estrecharon la mano y se sentaron.

–Les he esperado para pedir.

Tenía los ojos marrón claro con brillos dorados, la piel morena y el pelo oscuro. No era realmente guapo, pero sí atractivo en su rudeza.

Ella se dio cuenta de que la iba a dejar hablar primero.

–No tengo mucha hambre en realidad.

–Yo sí –dijo Joe, agarrando un menú–. ¿Qué recomiendas?

–Ravioli de alcachofas o espaguetis con albóndigas. Son los mejores de la ciudad.

Arianna decidió pedir espaguetis con albahaca y tomate fresco, por cortesía.

–¿Han conseguido lo que buscaban de Zamora? –preguntó Doc.

–Sólo lo que ha querido darnos –dijo Arianna–, y no ha sido mucho. Me gustaría que le siguiera vigilando.

–Le mandaré mi factura.

–Estoy segura de ello. Mire, ¿le interesa en lo más mínimo formar parte de nuestra empresa o estoy perdiendo el tiempo?

–Directa. Eso me gusta. Bien, señorita Alvarado. Si no hubiera un mínimo interés por mi parte, no estaría aquí.

Arianna esperó a que les sirvieran las bebidas antes de seguir hablando.

–Creo que Sam le contó que queremos abrir una

oficina de la empresa en San Francisco y le quiere a usted.

–Suena como si usted no compartiese su opinión.

–Me cuesta confiar en alguien que no da su nombre.

–¿Se pregunta qué oculto?

Él tomó un sorbo de su bebida, haciéndola esperar. Ella quería desagradarle, pero se dio cuenta de que no podría. Parecía divertirle, pero no de forma condescendiente.

–Me pregunto si conoce su reputación –dijo él.

–Es sólida. Hemos trabajado mucho para ganárnosla.

–Me refiero a la suya personal.

Ella echó una mirada a Joe a tiempo para ver un destello de sonrisa en sus labios. Se echó hacia atrás y cruzó las piernas.

–Supongo que está a punto de decírmelo.

–Inteligente –dijo Doc–, con las habilidades habituales de un hombre, no duda en usar su cuerpo como arma, física y sexual.

–No me prostituyo para obtener información.

–No me refería a eso. Me refiero a que no le importa utilizar su escote para distraer a su oponente. Algunos hombres son tan estúpidos como para caer en ese error.

Joe se echó a reír y casi se atragantó. Arianna le fulminó con la mirada.

Doc miró a Joe.

–¿Quién es usted exactamente? No vi su nombre en la lista de empleados.

–Policía de Los Ángeles. División de robos y homicidios.

Doc levantó su vaso a modo de brindis.

–Creía que los policías y los investigadores no trabajaban juntos.

–Estamos demostrando que eso es un mito –dijo Arianna, dándose cuenta de que la descripción que había hecho de ella no le ofendía en absoluto–. Joe y yo llevamos una investigación a medias. Un caso privado.

Durante la comida, Arianna y Joe le contaron los detalles del caso a Doc, que tras unas preguntas, dijo:

–Yo volvería a hablar con la mujer. Ambos pensasteis que había algo raro en ella.

–Sí, pero después supimos lo de su aventura con mi padre.

–Tal vez eso no fuera todo. Tu madre te dijo que te lo había contado todo, Zamora no te dirá nada más y las notas de Mike son indescifrables, así que Mary Beth es la única que queda.

–Volveremos a verla. Entonces –dijo ella, dejando los cubiertos sobre el plato vacío–, ¿estás preparado para trabajar en una oficina? ¿para que la gente conozca tu nombre? ¿Para pasar de las sombras a la luz?

–Tal vez –dijo, sonriendo–. Te tendré al corriente.

–Te ofrecemos grandes beneficios. Un sueldo fijo y primas.

–Tendremos que hablar de dinero. No aceptaré recortes. Además, espero una prima de bienvenida por la cartera de clientes que aportaré a la firma.

–Todo es negociable.

–De acuerdo. Estaremos en contacto.

Le hubiera gustado preguntarle cuándo, pero no quería presionarle. Se parecía mucho a Sam, tal vez por eso le gustó.

–Tienes mi número –dijo ella.

Él asintió y se levantó.

–Me interesaría saber cómo acaba vuestro caso personal.

–Sólo compartiré esa información con los empleados de ARC –dijo ella, bromeando.

Él sonrió y le estrechó la mano.

–Espero que no tengas problemas con tener a una mujer como jefa, Doc.

–Tengo problemas con los jefes en general, pero creo que podré entenderme contigo. Ya nos veremos –dijo, despidiéndose de los dos.

–Esto ha sido interesante –opinó Joe.

Arianna se sentía muy bien.

–Sí.

–¿Crees que trabajará para vosotros?

–Si le damos lo que pide, sí.

–¿Se lo daréis?

–Estaríamos locos si no lo hiciéramos.

Él dobló su servilleta y la dejó al lado del plato.

–Entonces, si yo estuviera interesado en trabajar para ARC, ¿me contratarías?

Su tono parecía indiferente, pero su expresión no lo era.

–Tienes todo lo necesario –dijo ella–, pero creo que te encanta ser policía y que no lo dejarás.

–No es eso lo que te he preguntado.

–¿Que si te contrataría? Estaría loca si no lo hiciera –dijo. Se levantó y terminó la conversación. La idea de trabajar junto a él era demasiado atractiva–. Vámonos a casa.

Capítulo Quince

El domingo por la mañana, Joe decidió que no trabajarían. No podían ir a ver a Mary Beth Horvath hasta el lunes, pero le apetecía pasar el día sin examinar y discutir hasta la agonía el caso de sus padres. Sólo un día. El lunes probablemente se solucionaría todo. Obtendrían la verdad o permanecerían en la ignorancia para siempre.

Además, Arianna se estaba obsesionando tanto como le ocurrió a él cuando tuvo que habérselas con sus padres enfermos, un compromiso roto y un caso que no podía resolver. No quería que ella llegara a estar tan quemada como lo había estado él. Tenía que ayudarla a encontrar el equilibrio que él acababa de conseguir.

–Un día de diversión –dijo ella, mientras tomaban café y leían el periódico en la cama–. ¿Qué vamos a hacer?

–Parece que no sepas lo que significa tener un día libre.

–Sé lo que significa, pero no suelo tomarme un día entero libre.

Ella estaba preciosa, sin maquillaje, con el pelo revuelto y con una de sus camisas.

–Podemos ir a algún lugar agradable a desayunar –dijo–, ver si aún ponen el maratón de Jackie Chan que te perdiste la semana pasada, ir al zoo a San Diego, o a Sea World. Pasarlo bien.

Ella dejó la taza de café sobre la mesilla y se sentó con las piernas cruzadas.

–Tienes entradas para ver a los Lakers. Las vi en tu espejo la primera noche que pasé aquí. Ya no están ahí, pero sé que eran para hoy –él pasó la página del periódico–. ¿Las has regalado?

No dudaba al hacer las preguntas y él sabía que quería llegar a un punto concreto.

–No, pero no me será difícil encontrar a alguien –dijo, esperando su respuesta.

–Me gustaría ir.

No le sorprendió.

–¿Por qué?

–Nunca he estado en un partido, siempre leo la sección de deportes. Y conozco los nombres de los jugadores –se detuvo un instante–. ¿Ves a Jane allí?

Por fin, la pregunta que había estado esperando.

–A veces. Es su trabajo. Pero no hemos vuelto a hablar –no tenía nada que decirle.

–¿Has ido con alguna acompañante al baloncesto otras veces?

–Sí –¿podían ser celos eso que brillaba en sus ojos? No podía creerlo. El resto de las mujeres tendrían que estar celosas de ella–. Pero no esta temporada. Sólo he ido con un amigo. ¿Quieres ir de verdad?

–Sí.

Le gustaba que fuese directa con él.

–Tenemos tiempo para almorzar antes, ¿verdad?

Él consiguió tumbarla sobre el colchón y colocarse sobre ella con rapidez. Ella sabía cómo librarse si hubiera querido, así que lo entendió como que ella quería estar donde estaba.

–Tenemos tiempo para muchas cosas antes –dijo él–. Esta noche toca la carrera de fondo.

Ella le rodeó el cuello con los brazos, bajándole la cabeza para besarle.

Él sabía que esa noche sería la última que pasarían juntos. Al día siguiente no tendría una razón concreta para volver, puesto que ya habrían descubierto mucho más de lo que hubieran deseado sobre sus padres.

Joe miró a Arianna mientras ella desaparecía entre la multitud en el Staples Center, el estadio del Los Ángeles Lakers. Sabía que habría una larga cola en el baño de señoras, así que se apoyó contra una columna y se dispuso a saborear su cerveza cómodamente.

Había disfrutado al verla meterse en el partido, gritar como si fuera una fan y mirarle sonriente, con los ojos brillantes. Se estaban divirtiendo.

–¿Joe?

Él se giró, pero ya había identificado aquella voz. Era Jane. Estaba distinta. Se había cortado la rubia melena y no llevaba gafas. No la recordaba tan bajita cuando estaba con él.

No sintió nada al verla de nuevo.

–¿Estás disfrutando del partido? –preguntó ella.

–Están demasiado cerca como para relajarse.

–Atacarán en el segundo tiempo. ¿Qué tal estás? –dijo ella sonriendo.

Deseó que Arianna se retrasase. No quería tener que presentársela a Jane, eso acabaría con la alegría del día.

–Estoy bien. ¿Y tú?

–Bien. Veo que has venido con una acompañante.

Él no respondió a su pregunta.

–Pareces feliz, Joe.

–Lo soy –dijo, y no se había dado cuenta de que lo era hasta que ella no lo dijo. El insomnio y el ardor de estómago casi habían desaparecido durante la semana. Podía recordar a su madre antes del cáncer y a su padre antes de que el alzheimer se apoderara de su mente. Se sentía muy bien.

–Entonces, has superado lo nuestro –dijo ella.

–Hace tiempo.

Ella arrugó los labios.

–Me alegro. Yo no te hubiera hecho feliz. Fui muy inocente al valorar lo que es estar casada con un policía. Pensé que amarte sería suficiente, pero tu madre me lo aclaró todo.

–¿Mi madre? –había conseguido atraer su atención–. ¿Cuándo fue eso?

–Ya te lo conté –dijo ella, frunciendo el ceño–. Cuando la llevé a su cita con el médico tras el primer ciclo de quimioterapia.

–No lo recuerdo.

–Le pregunté cómo tratar a un hombre que no compartía sus sentimientos.

–Ahora recuerdo algo, pero creí que hablabas de mi padre.

–¿Por qué me iba a interesar por tu padre?

No lo sabía, pero tampoco le había dicho que la pregunta era sobre él.

–No lo sé. ¿Qué dijo ella?

–Que tendría que aprender a no tomármelo de modo personal, que los hombres, especialmente los policías, creen que les hacen un favor a sus mujeres si no hablan de lo que ven en el trabajo y sus reacciones. Sabía que no podría vivir con un hombre que no compartiese lo malo además de lo bueno.

Él recordó por qué la había querido: había tratado de abrirle. Puso mucho empeño en ello

Ella le puso una mano en el brazo. No podía apartarse sin darle importancia.

–Hay algo que no te dije de esa conversación –dijo, con voz apagada–. Ella dijo que habría veces que, por mucho que lo intentase, no conseguiría llegar a ti, y otras que eso se volvería contra mí, y que buscarías a otra persona, sencilla y que no necesitase demasiado.

–¿Que te engañaría?

–Existía la posibilidad, y no quería correr el riesgo.

Entonces se dio cuenta.

–¡No sólo los policías hacen eso! ¿Has querido decir que mi padre engañó a mi madre?

–Tu madre no lo dijo de forma específica.

Además de la posibilidad de que su padre hubiera tomado parte en el encubrimiento del crimen de Mateo Alvarado, estaba eso otro. Joe no podía soportar la idea de que su padre hubiera engañado a su madre. Jane tenía que haberla entendido mal, estaría hablando en general.

–Lo siento, Joe. Sólo quería saludarte y decirte que me alegro de verte bien –dijo antes de irse.

No la miró. No vio nada hasta que Arianna apareció frente a él.

–¿Qué ocurre?

–Nada –dijo él, unos segundos después–. Nada –repitió, pasándole un brazo sobre los hombros, consciente de que estaba haciendo justo lo que Jane le había dicho: ocultar sus sentimientos.

Pero no era el momento de hablar con ella de eso. Además, cuando acabaran la investigación, ella no tendría motivos para quedarse en su casa. Tal vez entonces.

Arianna se sentó al lado del estanque mientras Joe hacía un par de llamadas. Llevaba toda la tarde esperando a que él le dijera que había hablado con su ex prometida, pero él no había dicho nada. No estaba segura, pero la conversación que vio con la mujer rubia era demasiado intensa como para ser de un tema superficial. Ella esperó a que acabaran para que tuvieran tiempo de hablar lo que necesitasen, y porque no quería conocer a la mujer que le rompió el corazón a Joe.

Además, antes del partido habían ido a ver a Mike, que estaba más confuso de lo que Joe recordaba haberlo visto, así que Arianna estaba preparada para la carrera de fondo que tenía que tener lugar aquella noche. Estaba ansiosa. Quería hacerle olvidar lo que Jane le había dicho, borrar aquella expresión de su cara. Quería abandonarse al placer.

–Una bonita tarde –dijo él, sentándose a su lado en el banco y abrazándola por detrás.

–Preciosa –convino, abandonándose en sus brazos y cerrando los ojos.

–Todo el día –le dijo al oído–, me he preguntado el significado de esto –señaló la puntilla negra del sujetador que asomaba bajo su blusa.

–Me prometiste una carrera de fondo... ¿Pensabas escaparte?

–¿Has estado pensando en ello?

–Cada minuto –dijo, notando que él ya empezaba a desabrocharle la blusa sin prisa y le pasaba los dedos por el borde del sujetador. Ella dejó escapar un suspiro tembloroso.

–Relájate –le susurró él al oído.

–Entonces deja de hacer lo que estás haciendo –se rió ella.

–Vaya, en eso no puedo complacerte. Relájate y disfruta.

Le quitó la blusa y la dejó sobre el banco.

–¿Mejor así?

–Estaría aún mejor si tú te quitaras la tuya.

Él se quitó la camisa y volvió a ella, esa vez piel contra piel. Ella se descalzó los zapatos y él le recorrió los muslos con las manos por debajo de la falda, hasta que sus piernas quedaron expuestas al aire de la noche. Le encantaba cuando le rodeaba fuertemente con ellas. Después recorrió con los dedos el borde de sus braguitas, ella levantó la cadera, pero él sólo estaba jugando.

–Me estás volviendo loca –dijo ella, casi fuera de control, aunque tampoco quería controlarse.

–Eso es lo que quiero.

Joe no sólo quería compartir el momento con ella, sino dominarla, llevarla más lejos y más alto de lo que nunca había estado. El broche del sujetador no le dio muchos problemas y pronto le cubrió el pecho con las manos. Necesitaba aquellos pezones duros en su boca, ya.

–Levántate –susurró él con urgencia.

Ella no dudó; se levantó mirándolo mientras él le desabrochaba la cremallera de la falda. Ella apartó la prenda y esperó. Joe intentaba ignorar el dolor que sentía en la ingle, que pedía satisfacción, y la montó sobre él. Saboreando por fin sus pechos, ignorando sus pezones hasta que ella le guió hasta ellos, casi suplicándole.

Su súplica le gustó; ella no lo hacía muy a menudo. Por fin, la tendió sobre el banco con un sobresalto por su parte al sentir la frialdad de la madera contra su espalda, pero pareció olvidarlo cuando él empezó a quitarle las braguitas.

–Joe –dijo con la voz llena de necesidad.

–Relájate.

Ella se rió, lo que le animó aún más. Le acarició el cuerpo suavemente con los dedos, y por fin dejó que se perdieran entre sus muslos. La exploró con suavidad, manteniendo un ritmo lento y hundiendo más los dedos cuando ella emitía un gemido de satisfacción. Aún no, Arianna.

Él colocó su boca sobre ella y ella se quedó rígida a la vez que soltaba un largo gemido. Después empezó a levantar las caderas hacia él, dejándole sitio para que deslizase un dedo dentro de ella. Se levantó aún más. Él levantó la cabeza.

–No... pares –dijo ella, urgiéndole a que volviera donde estaba antes.

Pero él tenía miedo de que hiciera mucho ruido y les oyeran los vecinos, así que se levantó, recogió su ropa y volvió a sentarla sobre él.

–Vas a matarme –murmuró ella.

Ella lo besó con los labios abiertos y él no dejó de buscarla con la lengua mientras la levantaba un poco y después la hacía bajar sobre él. Su boca se abrió y él la besó antes de que gimiera.

–Oh –susurró ella–. ¡Qué bien!

Ella se movió contra él, rozándole el pecho con los pezones, frotando su abdomen contra el de él. Se sentía en las nubes, tensa, húmeda y resbaladiza. Él cerró los ojos con fuerza, intentando no pensar que era la mujer más alucinante que había conocido, y aún después de una semana seguía sin creer que estuviera haciendo el amor con ella. Ella incrementó el ritmo con urgencia hasta llegar al clímax. Entonces él la besó de nuevo y contuvo los gritos de placer.

–¿No vas a seguirme? –dijo ella, moviéndose con más lentitud.

–Ahora. En casa, no quiero que nos oigan.

Él la tomó de la mano. Verla andar desnuda sería su mejor recuerdo, con tanta confianza, el deseo aún reflejado en sus ojos...

En su habitación, retiró el edredón y la siguió a la cama. Ella lo buscó.

–Aún no he acabado –dijo él, agarrándola por la muñeca.

Él la besó con pasión y la inflamación volvió como antes. La tocó y la saboreó. Por fin, ella dejó de intentar llevar el control, para complacerlo y se entregó a él, lo que le dio una enorme satisfacción.

Así, hizo crecer su excitación al máximo, hasta que la puso encima de él. El sonido que emitió no fue exactamente un grito, pero hubieran podido oírlo todos los vecinos. Después, no la abandonó del todo, sino que se hundió en ella. Ella se levantó para acudir a su encuentro. Él se movía lentamente, manteniendo el ritmo que ella intentaba incrementar. Él resistió, sin saber cómo. No quería que ella olvidara aquello, quería que lo recordara para siempre, pero habían llegado a un punto en que él necesitaba también perderse en el placer. Estuvo a punto de no durar lo suficiente para llevarla al clímax de nuevo, pero lo consiguió, y la explosión duró horas, días, meses... Una eternidad. Más tarde, despertó creyéndose en el paraíso al verla entre sus brazos. No era un sueño, era una mujer cálida y muy real.

–Eres muy generoso –dijo ella.

–No. Soy totalmente egoísta –dijo él, colocándose a su lado–. Y esto ha sido sólo el principio. Esto era una carrera de fondo...

–¿Ah, sí? ¿La Maratón de San Francisco? Veamos qué tal se te dan las cuestas.

Él sonrió con sencillez.

–Te paso el testigo.

Capítulo Dieciséis

A la mañana siguiente, la puerta de Mary Beth Horvath se abrió antes de que ellos llamaran.

–Me imaginé que volverían –dijo, invitándoles a pasar.

–Si había más, ¿por qué no nos lo contó la otra vez? –dijo Arianna, contenta de tener a Joe al lado.

–Esperaba no tener que hacerlo, pero siendo hijos de quien son, tenía que haberme dado cuenta. No pararán hasta que les dé todas las respuestas.

–¿Quería a mi padre? –preguntó Arianna, sorprendiéndose a sí misma. No era la primera pregunta que tenía preparada, y sintió el calor del cuerpo de Joe, acercándose más a ella.

–Sí –contestó la mujer, pidiendo disculpas con la mirada.

–¿Cómo se conocieron?

–Él y su compañero me salvaron cuando mi novio me pegó casi hasta matarme. Su padre vino al hospital para asegurarse de que no iba a volver a verle –ella sacudió la cabeza–. No sé qué pasó. Sólo estaba siendo amable conmigo. Me ayudó a encontrar un nuevo trabajo y una nueva casa y después de eso venía todos los días a la tienda para ver cómo estaba. Mateo era mi caballero andante y me enamoré de él... hablaba mucho de usted.

Arianna no quería saber los detalles de la aventura de su padre.

–Cuéntenos lo que pasó el día del asesinato –dijo Joe, leyéndole el pensamiento.

–Mateo vino a la tienda como todos los días. Unos segundos más tarde, mi ex novio y un amigo suyo entraron en la tienda, pero yo no les vi porque estaba agachada bajo el mostrador abriendo una caja. Cuando me levanté, vi que Rollie apuntaba a Mateo con una pistola y su amigo me apuntaba a mí. Después Rollie le quitó la pistola a Mateo y le disparó con ella. Así de sencillo. Después me dispararon a mí.

–Con su propia pistola del 22.

–Sí. El compañero de Mateo...

–Fred Zamora –apuntó Arianna.

–Sí. Vino corriendo después de que se marcharan. Yo estuve inconsciente un par de días.

–Entonces Fred vio al asesino.

Ella asintió.

–Y reconoció a su ex novio.

–Sí. Después vino al hospital y me dijo que tenía que decir que apenas conocía a Mateo, que era un policía que venía a la tienda de vez en cuando y que tenía que parecer un robo. Me dijo que si declaraba que no recordaba nada, nadie podría decirme nada.

–¿Le dijo por qué? –preguntó Joe.

–Porque tenía que parecer que Mateo fue asesinado en acto de servicio, no en medio de un triángulo amoroso, y que su viuda no tendría que sufrir la humillación pública. Fred dijo que se lo debía a Mateo y a su hija.

A Arianna se le encogió el estómago. Pensó en su padre hablándole de ella a aquella mujer, a la que no conocía. Ahora pensaba que tampoco conoció a su padre realmente.

–¿Mi padre descubrió la verdad? –preguntó Joe.

–Sí.

–Supongo que comprobó nombres y datos en el ordenador y pudo establecer una conexión con Rollie.

–Supongo. Vino a verme al hospital y me dijo que habían atrapado al asesino. No sé a quiénes se refería ni me dijo el nombre del asesino. Yo no pregunté.

–¿Cómo supo que era el asesino si ni usted ni Zamora lo identificaron?

–Él parecía saber más de lo que me decía y Rollie desapareció –cerró los ojos como si estuviera agotada–. Eso es todo lo que sé. No puedo decirles nada más –se levantó–. Por favor, márchense y no vuelvan nunca. He pagado por lo que hice y seguiré pagando hasta el día de mi muerte.

Arianna se dirigió a la puerta. Tenía razón, no había nada más que decir.

En el coche de Joe se podía mascar la tensión. Él no dijo nada y agarró el volante con fuerza.

Ella tenía un nudo en la garganta. ¿Hubiera sido mejor no saber todo aquello? Necesitaba tiempo para asimilarlo y poder responder a preguntas como aquélla.

Siguieron en silencio hasta que llegaron a casa de Joe. Él fue directamente al comedor y empezó a meter en una caja toda la documentación del caso. Ella hizo un montón con sus hojas para llevárselas a casa. ¿Tenía que recoger el resto de sus cosas también?

De repente, Joe se puso rígido. Puso las manos sobre el respaldo de una silla y bajó la cabeza.

–Ya tienes tus respuestas.

–Sí –dijo ella–. A mi padre lo mató el ex novio de su amante. Fue planeado y a sangre fría.

–¿Desearías no haber empezado con esto?

–Eso mismo me preguntaba mientras veníamos hacia aquí –dijo, acercándose a él. Él casi se apartó–. ¿Y tú?

–No tengo respuestas, sólo más preguntas. Me pregunto si mi padre estaría involucrado en el encubrimiento, como parece que ocurrió.

Ella se alegraba de no haberle contado lo de Paloma y Mike, otro disgusto más.

–Supongo que tendrás que volver a la oficina, ¿no?

Ella pensó que él necesitaba tiempo para asimilarlo todo.

–Sí –luego dudó un instante–. ¿Vuelvo después del trabajo?

Él asintió.

Ella se acercó a él. Tenía los ojos vacíos. Le tomó la cara entre las manos y lo besó con ternura.

–Hasta luego.

–Hasta luego.

Antes de salir, ella le dijo:

–Ocurrió hace mucho, Joe.

–Sí.

Si hubiera sido al revés, a ella tampoco le hubiera gustado que intentaran calmarla, así que le dejó para que meditara solo, como le gustaría hacer a ella. No quería ir a la oficina y, más sorprendente aún, por primera vez en su vida, estaba enamorada.

Joe vio cómo Arianna se alejó en su coche y sólo después se dio cuenta de que lo había besado.

¿Qué significaba? No le había dado un beso de despedida hasta entonces, y no había entendido que no lo hiciera, pero ahora le confundía el que le hubiera besado. Probablemente fue por compasión.

En ese momento sonó su teléfono móvil. Al no reconocer el número en la pantalla, intentó recomponer su tono de voz.

–Joe Vicente.

–Soy Paloma Clemente. Su teniente me dio su número. Siento molestarle, pero tengo que hablar con mi hija.

–No está aquí, señora Clemente. Supongo que podrá llamarla al teléfono móvil.

–Llevo días intentándolo, pero no responde ni siquiera a los mensajes.

–Dele tiempo.

–Mi hija no olvida y perdona con facilidad. Si no la presiono, me apartará de su vida.

Joe no quería verse en medio de una batalla entre madre e hija.

–No sé qué decirle.

–Probablemente usted también me odiará.

Él notó algo en su voz, resignación o una disculpa, no supo identificarlo.

–¿Odiarla?

–Por mi relación con su padre. Lo siento. Lo siento muchísimo.

¿Una relación con su padre?

–Por favor, dígale a Arianna que me llame si puede. Se lo agradecería mucho. Adiós.

Su brazo cayó inerte sobre la mesa. ¿Qué había querido decir? Y lo dijo de un modo que implicaba que Arianna lo sabía. ¿Una relación con su padre?

Dove. Joe lo comprendió. Paloma era *Dove* en inglés. Su marido, Esteban, la había llamado así una vez. Ahora recordaba haber visto esa palabra en las notas de su padre.

Buscó en su índice y vio que la palabra *Dove* empezaba a aparecer una semana después del asesinato. Al principio la identificaba sólo como P. A., sus iniciales. Al principio era la viuda de un policía, y después una mujer.

Volvió a sentir el ardor de estómago. Más decepciones, más mentiras. Su padre y la madre de Arianna también habían tenido una aventura, como Jane había dicho.

Y Arianna lo sabía. Le había mentido todo ese

tiempo. Tenía que haber visto la palabra *Dove* en las notas y haberla asociado con su madre.

Aquello le produjo un dolor más grande que el que sintió cuando Jane le devolvió el anillo. Aquella decepción era más profunda, porque procedía de la mujer a la que había puesto por encima de todas las demás.

Capítulo Diecisiete

Arianna siempre era la primera en llegar y la última en marcharse, pero aquel día el aparcamiento estaba lleno cuando llegó.

–Buenos días –dijo a su secretaria, aunque lo que quería era pregonar a los cuatro vientos que estaba enamorada. ¡Ella, enamorada!

–Buenas «tardes» –bromeó Julie pasándole el correo.

–¿Están Sam y Nate?

–Nate está en su despacho y Sam ha llamado para avisar que su vuelo había sufrido un retraso, pero llegará enseguida.

–Gracias –dijo Arianna.

Al llegar a su despacho vio que tenía un mensaje de Doc, así que lo llamó antes de sentarse tras la mesa.

–Espero que estés dispuesto a llegar a un acuerdo –dijo ella.

–Tal vez.

–¿Cómo podemos tentarte? –preguntó ella, disfrutando del juego.

–Quiero ser socio.

A Arianna se le hizo un nudo en el estómago.

–Esa opción no se contempla. Sam, Nate y yo hemos trabajado mucho como para perder ahora parte del control. Como sugeriste el sábado, podemos discutir una prima.

–No hay prima que pueda cubrir la cartera de

clientes que estoy dispuesto a aportar. Te acabo de mandar la lista por correo electrónico. Échale un vistazo. Creo que eso se merece que sea socio.

Ella encendió el ordenador.

–¿Quieres algo más? –preguntó ella, resignada a no trabajar con él.

–No quiero ser responsable de la gestión de la oficina, pero me gustaría contratar a los otros investigadores a los que necesitáis.

–¿Has pensado en alguien? –preguntó ella, tecleando su contraseña de acceso a Internet.

–Cassie Miranda. Trabaja para otra agencia de detectives, pero es muy buena. Y James Paladin.

Ella echó un vistazo a la lista de clientes que aportaba Doc. En ella había políticos, famosos y ejecutivos como para igualarse con la lista de ARC.

–¿Cuál es tu nombre real?

–¿Eso significa que hay trato? –dijo él después de lanzar una carcajada.

–Tengo que hablar con Nate y Sam primero.

–De acuerdo. ¿Cómo ha ido todo con el asunto de tu padre?

–Te lo contaré cuando estés con nosotros –dijo sonriendo al recordar su viaje a San Francisco, hacía dos días. Entonces no sabía que estaba enamorada, pero si lo hubiera sabido, hubiera convencido a Joe para que pasaran la noche en una de las ciudades más románticas del mundo. En ese caso, no hubieran ido al partido de los Lakers del domingo, Joe no hubiera visto a Jane... todavía no le había contado qué había hablado con ella.

–Trato hecho –dijo Doc, sacándola de sus pensamientos–. Mi nombre es Quinn Gerard.

–Un nombre muy respetable –empezó a oír ruido fuera de su despacho, pero al principio no hizo caso–. ¿Por qué te llaman Doc? –el ruido fue en aumento.

–¡No puede entrar ahí! –oyó decir a Abel Metzger, el investigador más corpulento de ARC.

–Te lo diré en otro momento –dijo Doc–. Hasta pronto.

Ella se despidió y salió a ver qué pasaba.

Joe tenía delante a un tipo enorme que le obstruía el paso al despacho de Arianna.

–Dile que se calme –dijo Joe al verla.

–Déjalo pasar, Abel –dijo ella.

Joe lo rodeó y fue hacia Arianna. En el despacho, a puerta cerrada, él le puso en las manos una bolsa de papel con todas las cosas que se había dejado en su casa. Ella echó un vistazo a su contenido y la dejó sobre la mesa lentamente mirando hacia abajo. Ya conocía ese gesto: estaba preparándose para defenderse.

–¿Qué ocurre? –preguntó ella, incapaz de ocultar totalmente su dolor.

–¿Por qué no me lo contaste todo? ¿Con sexo se consigue cualquier cosa, verdad?

Perdió el color un instante, después notó un fogonazo en sus ojos. «Maldición, Arianna, dime que me he equivocado».

–Has hablado con mi madre –dijo ella, mirándolo por fin a los ojos.

–Llamó justo después de que te fueras. Dijo que no respondías a sus llamadas.

–Sentémonos.

–No quiero sentarme. ¿Cuándo pensabas contármelo? ¿Nunca? –él había aprendido a confiar en ella, y ahora...–. ¿No crees que tenía que saber lo de tu madre y mi padre?

–Pensé que ya tenías bastante carga encima.

No la creyó, y eso aumentó su furia.

–¿Quién te crees que eres para tomar ese tipo de decisiones por mí?

–Su relación no llegó a nada. Fue una sensación –dijo ella, a la defensiva–, de la que mi madre se aprovechó para que tu padre declarara el caso sin resolver y yo recordara a mi padre como un héroe, no como un esposo infiel –alargó una mano como si fuera a tocarlo, pero luego la retiró. Él no quería que lo tocara y se alegró de que no lo hiciera–. Ella dijo que utilizó el amor de tu padre para sus propósitos, pero que no pasó nada entre ellos.

–¿No podías haberme dicho todo eso?

–Intentaba hacerte un favor.

–¿Un favor? –se rió con sarcasmo–. ¿Ocultándome una evidencia clave?

–No sé a qué te refieres.

Él la miró, sorprendido. No podía no haberlo sospechado.

–¿Quién crees que mató al asesino de tu padre?

–Fred Zamora, en venganza –dijo ella, como si fuera obvio–. Porque mi padre y Rollie fueron asesinados con el mismo revólver. Zamora es el común denominador; lo buscaría, le quitó la pistola y lo mató. ¿Tú no lo crees?

–¿Quién más pudo haber matado a Rollie? –dijo él, intentando mantener la calma.

–No sé. Uno de los matones con los que se relacionaba, no tengo ni idea.

–También. O pudo ser mi padre –aquello era lo que lo había llevado hasta allí, la verdad que lo había golpeado en cuanto supo la relación de Mike y Paloma, lo que Arianna le había ocultado.

Ella se apartó del escritorio con la boca abierta.

–No, Joe. No pudo ser él.

Él intentó interpretar su tono de voz y su expresión. Tenía que haberlo pensado.

–¿Por qué no? –dijo Joe–. Se enamoró de ella, y tal vez ella lo utilizó para algo más que para cerrar el caso. Tal vez le pidió que matara al sospechoso. Es lo más lógico.

Arianna sacudió la cabeza. En ella no quedaba ni rastro de la mujer controlada y fría que debía ser y en su lugar había una mujer frenética y desesperada.

–Pedirle que cerrara el caso es una cosa, y que asesinara, otra muy distinta.

No le había dado una razón lo suficientemente buena.

–Yo no podía creer que hubiera participado en un encubrimiento y resultó que sí. ¿Por qué no algo más?

–No, mi madre le hubiera dicho que no lo hiciera.

Ella no quería creer que su madre le hubiera utilizado de ese modo.

–La gente es capaz de hacer cosas que ni te imaginas. Ésa es la pista que no tuviste en cuenta. La pistola estaba en la caja fuerte de mi padre –todo encajaba. Y dolía–. Además, no me comentaste lo de *Dove*, la palabra que aparece en las notas de mi padre.

–¿Qué?

–Es la conexión con el nombre de tu madre y aparece en el cuaderno de mi padre varias veces.

–No lo he visto. Repasaré mis notas.

Entonces Joe vio cómo la expresión de su rostro se transformaba, lentamente, en una máscara de frialdad.

–Entonces me has juzgado a mí también –Joe se dio cuenta del error que había cometido. Empezó a hablar, pero ella no lo dejó–. Me has acusado de haberme acostado contigo para obtener algo de ti y después has acusado a mi madre. Somos iguales para ti.

–No sabía qué creer –dijo él, sintiendo que la verdad le atenazaba el corazón.

–Puedes creerme –declaró, irguiéndose orgullosa–. Nunca me he acostado con nadie para conseguir algo y no tendría que estar defendiéndome de esto ahora. Es cierto que hice una pequeña trampa para encontrarme contigo en la fiesta, pero nada más. Lo que ha pasado entre nosotros ha sido mutuo y ha estado totalmente fuera de mi control, y del tuyo, creo –ella apenas se paró a respirar–. Segundo: sé que te dije que no volvería a acostarme contigo después de la primera vez, y que después acudí a ti, pero fue porque no pude contenerme. No estaba jugando contigo; siempre había tenido el control de mis relaciones y esta vez lo perdí, tal vez por eso haya cometido errores.

–Yo...

–Escucha –era ella de nuevo, fuerte y majestuosa–. He evitado a los policías como parejas porque sé que no saben compartir sus sentimientos –dijo, acercándose a él–. Tenía que haberte evitado, está claro, pero pensé que eras diferente. Incluso intenté protegerte y ayudarte a sanar.

Sus ojos estaban llenos de furia y él empezaba a darse cuenta de que tenía que haber preguntado antes de haber acusado. El precio a pagar por aquel error podía ser muy alto y no sabía cómo podía arreglarlo.

–Arianna...

–¿Cómo te atreves a acusarme de lo mismo que hizo mi madre? –su rabia llenaba la habitación–. Yo nunca te utilicé. Trabajé contigo, te hice el amor y me entregué a ti como nunca me había entregado a nadie. Y ahora vienes a recriminármelo, diciéndome que mentí. Tal vez haya una pequeña línea entre la verdad y la mentira, tú crees que yo la crucé. Pero tú también lo hiciste.

–Yo... ¿Cuándo?

–Cuando me dijiste que fuera a casa de tus padres y no me dijiste que ellos no estaban.

–Tenía curiosidad...

–Vaya excusa –dijo, agitando una mano–. Y ayer tuviste una conversación con tu ex prometida en el partido que te disgustó. No sólo no me lo contaste, sino que me dijiste que no había pasado nada.

Lo había olvidado. Era ridículo.

–¿Nos viste?

–Y esperé a que acabarais, respetando tu espacio, porque sabía que si acudía a tu lado, terminaría la conversación. Y parecía ser necesaria. ¿No pensaste que aquello podía dolerme? Intenté esperar, comprenderte y pensé que me lo acabarías contando –dijo, emitiendo un sonido de frustración–. No puedo creer lo equivocada que estaba contigo.

Arianna agarró su bolso y se dirigió a la puerta, donde se detuvo. Se volvió y él creyó ver lágrimas en sus ojos. Idiota, se dijo.

–Arianna...

Estaba dolida, había puesto distancia entre ellos como si ya se hubiera separado de él.

–Una de las razones por las que no te dije lo de mi madre y tu padre fue –dijo acalorada–, porque no quería ponerte en la situación de tener que ver a mi madre toda la vida sabiendo lo que había hecho. Ni por un instante pensé lo de tu padre –se pasó una mano por las mejillas, secándose las lágrimas–. Pero sobre todo, no quería dañar la imagen que tenías de tu padre, que no puede defenderse a sí mismo –ella abrió la puerta–. Adiós. Conocerte ha sido toda una experiencia.

Joe la miró alucinado. No podía ni respirar, ni llamarla. Desde luego que no había hecho lo mismo que su madre y había interpretado mal la relación de Paloma y su padre. Había dado por supuestas demasiadas cosas, algo que un hombre de su profesión no debía hacer.

Entonces cayó en la cuenta de lo que ella había dicho antes de salir. ¿No quería ponerle en la situación de ver a su madre toda la vida? ¿Para el resto de su vida? ¿Como en el matrimonio?

Esa mañana lo había besado al despedirse por primera vez. ¡Maldición! ¿Cómo podía haber estado tan ciego? Tenía que encontrarla antes de que...

–Creo que debes marcharte –dijo Sam Remington, bloqueándole el paso.

Joe miró a través de las ventanas detrás de Sam y vio el coche de Arianna saliendo del aparcamiento.

–Tengo que detenerla.

–Parece que has cometido muchos errores –dijo Sam sin moverse.

–Me doy cuenta ahora. Los dos los cometimos –aquello no podía ser el final. Miró a Sam a los ojos, preguntándose por el motivo de esa protección–. No volveré a hacerle daño.

–Eso espero –dijo Sam, apartándose.

Joe corrió por el aparcamiento y entonces se dio cuenta de que no sabía dónde vivía, no sabía su número de teléfono de casa, ni a qué gimnasio acudía a las clases de yoga o tae kwon do. No respondía al móvil. Echó una ojeada al edificio y vio que Sam le estaba mirando desde una ventana. Sabía que no sería bienvenido allí de nuevo.

La encontraría.

Capítulo Dieciocho

Normalmente, Joe no trabajaba los sábados por la noche, pero aquel día tenía que cubrir un acto benéfico al que acudirían un montón de famosos. Joe estaba allí porque uno de los invitados, ejecutivo de una compañía farmacéutica, había sido amenazado por una organización pro derechos de los animales.

Trevor Hollings había sido atacado en un acto similar dos meses antes; uno de los radicales le roció spray irritante en los ojos. Aquella noche, le habían ofrecido entrar por otra puerta, pero no quiso, a pesar de poner en riesgo a los demás, para demostrar que no le podían asustar.

Normalmente, los organizadores de los actos contrataban a policías fuera de servicio para ocuparse de esos asuntos, pero aquella noche el departamento de policía había enviado a sus propios agentes, porque temían que la protesta fuera más fuerte que en otras ocasiones. A Joe y a Tony les encargaron que siguieran el caso y presentaran la denuncia, si había lugar.

Joe tampoco tenía mucho que hacer un sábado por la noche; había vuelto a trabajar tras pedirle a su teniente que le recortara las vacaciones forzosas que se estaba tomando.

Había hecho todo lo posible por hacer que Arianna volviera a hablar con él: le había enviado flores a la oficina, la había bombardeado con correos electrónicos y una vez la esperó en el aparcamiento de la oficina, pero ella lo vio y se marchó de allí sin bajarse del coche.

¿Cómo iba a atraerla de nuevo si no podía acercarse a ella?

Ella tampoco lo había llamado; lo único que había sabido de ella había sido a través de un correo electrónico en que le decía que había repasado las notas de su padre y que había visto la palabra *Dove*, pero que la había confundido con otra.

Él no se había molestado en comprobarlo. La creía. A no ser que ella quisiera buscarlo, no había modo de arreglar aquello.

La ruidosa multitud devolvió de nuevo a Joe al mundo real. Al otro lado de la alfombra roja, Mendes vigilaba también.

En ese momento, recibió un aviso.

–Atentos, el siguiente coche es el de Hollings.

Joe miró a la multitud buscando gestos extraños entre ellos. La limusina se detuvo frente a la entrada y el conductor se bajó a abrir la puerta. Un altísimo tacón rojo emergió de ella, seguido de un tobillo, la pantorrilla y unos centímetros de un muslo espectacular, revelados por la vertiginosa abertura del vestido. El resto de aquel cuerpo increíble emergió poco a poco, cubierto con un vestido rojo brillante con un atrevido escote de pico adornado con un collar de diamantes. Entonces llegó a la cabeza: pelo oscuro recogido en un moño bajo como el que había visto a cierta bailarina de flamenco. Lápiz de labios rojo y un lunar al lado de la boca.

Arianna.

La seguridad privada de Hollings.

Arianna se sintió aliviada al poder bajar de la limusina. Su cliente pareja era el ejecutivo Trevor Hollings, vestido con un elegante esmoquin a la moda, y le gustaba flirtear con las mujeres. También era egoísta y egocéntrico. Un minuto después, mientras la limusina llegaba a donde estaban las demás, le dijo a Hollings:

–Tengo que estar a su lado. Si le toco, déjeme que lo haga, pero usted no me tome la mano o haga algún movimiento que pueda entorpecer que lo proteja.

–De acuerdo.

–Si alguien corre hacia nosotros, no intente protegerme. Déjeme hacer mi trabajo.

–Para eso la he contratado.

Ella señaló por la ventanilla.

–Dígame si reconoce alguna de las caras.

–No se distingue a nadie en concreto. Sólo se ve mucha policía. Supongo que lo dijo en serio.

–¿De qué está hablando? –preguntó Arianna.

–Ayer me llamó un detective para decirme que podría haber problemas esta noche.

–¿Y no me lo dijo?

–No tengo miedo.

–Hay una diferencia entre tener miedo y estar preparados –«idiota», pensó ella.

–Ya le dije que había contratado seguridad privada.

Arianna decidió que no volvería a trabajar para él.

–Yo saldré primero –dijo, intentando contener la ira–. Después caminaremos rápidamente hasta el hotel. ¿De acuerdo?

Él asintió. Ella no le creyó. Cuando se entrevistó con él le pareció una persona sensata e inteligente, pero se daba cuenta de que se había equivocado.

Los flashes de las cámaras la cegaron en cuanto bajó de la limusina. La expectación disminuyó cuando Hollings bajó del coche y los paparazzi comprobaron que no era un objetivo importante.

Miró a la multitud. Un grupo de personas se hicieron hueco a través de la línea de seguridad de los policías.

–Corre, corre –oyó gritar a un hombre, la voz le sonó familiar.

Ella empujó a Hollings hacia un agente uniformado y le gritó que lo llevara dentro, antes de recibir el golpe de algo metálico y pesado en el hombro.

Todo transcurrió en cuestión de segundos. Los manifestantes ya no eran un grupo pequeño, sino muchos más que arrojaban botellas y palos a Hollings, y a Arianna.

Hollings y Arianna corrieron arropados por los policías y por la multitud que había tras ellos. La furia la espoleó a enfrentarse a dos de los atacantes que se habían acercado lo suficiente como para rociarles con spray irritante. Ella les quitó los sprays de una patada y los inmovilizó.

–¡Zorra! –gritó uno entre gemidos de dolor. Como si eso le importase.

Los agentes agarraron a los hombres, tirando a uno al suelo. Ella tropezó con él y en ese momento vio que el hombre tenía algo metálico en la mano. No podía cambiar la dirección de su cuerpo, detener la caída, y entonces notó que la empujaban hacia atrás. Su rescatador cayó al suelo primero, rodando para amortiguar la caída de los dos. Ella no podía apenas respirar.

–¿Estás bien? –preguntó el hombre con voz grave y dura.

Joe. Oh, Dios...*Joe.*

Entonces la soltó, para sentarse.

–¿Estás bien? –repitió, angustiado.

–Estoy bien –dijo, intentó mirarlo, pero no consiguió girar la cabeza del todo. La policía había conseguido controlar a los manifestantes.

Ella no lo miró. Sintió sus dedos tocándola. Cerró los ojos. Lo había echado de menos, cada minuto, cada segundo. Había sido muy duro resistirse a sus notas y a sus flores, pero le costaba creer que hubiera cambiado de opinión respecto a aquella historia. Después de lo que su madre había hecho, ¿cómo iba a querer Joe estar con ella?

Arianna, perdida en su orgullo, no sabía cómo arreglar las cosas con una persona. Nunca antes había tenido que hacerlo. Y al final, él lo había dejado correr.

–Tienes una herida del tamaño de Texas –dijo, examinándola–. Estás sangrando. Tienen que limpiarte esto y ponerte la vacuna antitetánica.

Ella lo miró y no pudo recordar ninguna de las razones por las que se había mantenido lejos de él. Ambos habían cometido errores, pero ella podía dar el primer paso para arreglarlo todo.

–Gracias.

Su boca se contrajo como si estuviese furioso con ella. Ella no supo qué pensar. Después llamó a un agente.

–Llévela dentro –dijo–. Que le tomen declaración. Después tiene que ir al hospital.

Él se dio la vuelta, dejándola allí, boquiabierta, sintiéndose rechazada. ¿Acaso lo había enfurecido el que se viese inmersa en la refriega? ¿No creía que una mujer debiera dedicarse a lo que ella hacía?

Ella vio que Hollings había salido muy bien parado. Apenas había sufrido agresiones. Después prestó declaración a un detective llamado Mendes, esperó una hora y se marchó, enfadada y humillada al verse ignorada por él. Su dirección estaba en la declaración, se dijo. Podía encontrarla si lo deseaba. La pelota estaba en su campo.

Joe rompió todos los límites de velocidad para llegar a ver a su padre a las ocho y media del día siguiente. Tenía que estar en la oficina. Tenía mucho trabajo, pero la señora Winthers le había dicho que Arianna estaba con su padre. Hasta el día anterior, no se había enterado de que ella había ido a visitar al anciano casi todos los días, y si se enteró fue porque se dejó un jersey. Él lo recogió y olió el perfume. La señora Winthers le dijo después que tenía que ser un secreto.

Pues ya no era un secreto.

Corrió desde su coche a la puerta, entró y se apresuró por el pasillo hasta la habitación de su padre. Chief ladró en cuanto reconoció a Joe y meneó la cola. Su padre y Arianna miraron por encima de la mesa donde estaban sentados recortando fotos de revistas.

–¿Dónde estabas? –preguntó Joe, aliviado, mirándola para ver si estaba bien. Sí, lo estaba.

Ella miró a su padre, su cara de sorpresa y después le frunció el ceño a Joe.

–Aquí –dijo alegremente.

Sin embargo, en su voz había un cierto tono de reproche. Se pasó una mano por la cara, exhausto. Desde luego, no iba a tener un enfrentamiento delante de su padre.

–Tenías que haberme esperado –dijo él con toda la calma que pudo–. Nadie sabía dónde estabas y llamé a todos los hospitales. No fuiste a ninguno.

–No me dijiste que te esperara, pero lo hice, bueno, durante una hora. Después llamé a mi médico. Estoy bien –dijo, sonriendo, aunque no parecía una sonrisa sincera–. Ven a ver el collage que está haciendo Mike. ¿No es genial?

Su padre sonrió como un niño atrapado en una riña de padres. Joe suspiró y se acercó a ellos.

–Enviaste a tu compañero para que me tomara declaración –dijo ella, intentando ocultar su irritación.

–Está genial, papá –dijo Joe, dándole unas palmaditas en la espalda a su padre–. Mendes podría ser imparcial y yo no estaba seguro de poder serlo. Además, estaba al mando y tenía trabajo.

–Hubieras podido venir a verme unos segundos.

–Te marchaste.

–Habías dejado de mandarme flores.

Ahí estaba el problema: había dejado de perseguirla. Desde luego, aquél no era lugar para continuar aquella discusión.

–¿Podemos hablar más tarde? Tengo que volver al trabajo.

Ella no lo miró. Un instante después, se levantó, recogió su bolso y salió de la habitación. Sin más. Joe no sabía qué pensar.

Chief hizo amago de seguirla, tal vez contagiado de su mal humor.

–Chief, quédate –dijo su padre, y el perro obedeció.

Joe se quedó helado. Había llamado al perro por su nombre, no Sarge. Al mirar a su padre, vio un momento de lucidez en sus ojos.

–¿Papá?

–Ve tras ella, hijo.

Él dudó unos segundos, después se arrodilló frente a su padre, que lo acababa de reconocer por primera vez desde hacía siglos. Tal vez fuera la última vez. Lo abrazó y sintió el abrazo de su padre como si fuera el último.

–Te quiero, papá.

–Yo también te quiero –dijo su padre, dándole un beso–. Ve tras ella.

Joe no podía. Tenía que aprovechar para preguntarle por el asesinato, por su papel en aquello. Tal vez fuera la última oportunidad y Arianna lo entendería. Pero... ¿realmente quería respuestas? ¿No sería mejor dejar las obsesiones a un lado y encontrar una pasión nueva? ¿Una vida? ¿Una vida, feliz?

–Enseguida vuelvo, papá –dijo, antes de salir corriendo hacia la puerta.

Arianna le esperaba sentada en el escalón de la entrada.

–Te has tomado tu tiempo –dijo, con voz temblorosa.

No le dijo el motivo. Insistiría en volver y hacerle preguntas, pero esas respuestas ya no tenían importancia.

Se sentó a su lado, casi tocándola.

–¿Por qué has venido a ver a mi padre? –preguntó, mirando en otra dirección.

–Fue muy bueno conmigo hace años. Y mi madre no debía... –se detuvo–. Necesitaba estar con él, eso es todo.

–De acuerdo –la miró, con el corazón en un puño–. ¿Me has echado de menos?

Ella lo miró y luego asintió con la cabeza.

–¿No puedes decirlo?

–Dilo tú primero.

Lo que deseaba era echarse a reír.

–Te he echado de menos.

–Yo también.

Él le tomó las manos.

–No pretendía ignorarte anoche, pero te vi herida, me volví loco, no podía soportar que te hicieran daño. No podía pensar y lo único que quería era llevarte lejos de allí –ella se apoyó contra él y él la besó en la cabeza. Sintió que le ardían los ojos–. Tenía que hacer mi trabajo. Y no podía hacerlo y cuidarte al mismo tiempo.

–Lo sé. He sido muy egoísta. Hasta que no ocurrió, no me di cuenta de lo cerca que estuve de... –se detuvo–. Estoy acostumbrada a estar sola, pero quería estar contigo. Que cuidaras de mí. Al principio pensé que era por debilidad, así que huí. Siento haberte asustado.

–No vuelvas a hacerlo.

–No lo haré –dijo ella sonriendo.

Él la abrazó.

–Te quiero.

–Yo también te quiero –dijo con una voz que él nunca había oído antes, llena de ternura y alivio.

Después él la besó. El primer beso de toda una vida juntos, que iría seguido de muchos más, de saludo, de despedida, los habría apasionados, tiernos. Besos de reconciliación, besos de «vamos a tener un niño», besos de «el niño se parece a ti», y muchos más.

Pero aquél era el más especial.

–Vamos a ver a tu padre –dijo ella poco después.

Él asintió preguntándose a qué padre encontrarían, pero sabiendo que eso no importaba. Todo iba bien.